水の女

nakagami kenji
中上健次

講談社文芸文庫

目次

水の女

赫髪

女の髪は緋色でも金髪でもなかった。その髪は色艶が悪く髪そのものが人工のものに見えた。その赤みがかった黄色の髪は肌理の荒い肌の女によく似合った。色は白かった。だが元々色が白いのではなく、むかし日に焼けて黒かったのがいまは日に当る事などないために白く変色した、そうみえた。赤い髪の女はその髪をふり立てるようにゆっくりと口を動かして、飯を食った。シュミーズの下に何も着けていないために、もそもそと口を動かす度に体全体が動き、黒い乳首がシュミーズに映った。女は食っていた飯を呑み込んでからやっと気づいたのか「なにい？」と顔をあげて光造を見た。

蒲団の中に腹這いになったままの光造の眼をのぞき込むように見て、「これかん？」と、シュミーズをたくし上げ笑をうかべた。女の女陰《ほと》の黒い剛い毛が見えた。女陰のにおいがまだ鼻先にまつわりついている気がした。

女は食っていた茶碗と箸を持って立ちあがり、音させてそれを流しに置いて水道の蛇口をひねった。流れ出た水の音で外に降っている雨の音がかき消された。

光造の蒲団に女はもぐりこみ、

「ちょっとうちも入れて」

女のひじが光造の脇腹に当った。

「なんやしらん寒い」

女はそう言って光造の裸の胸を冷たい腕で抱いた。女が光造を足で抱える。光造の下腹に圧し当てられた女のシュミーズが部屋の中の空気で冷えていてつめたい。人形の髪のような染めた赤い髪が光造の眼のすぐそばにあった。女の肌の温りはすぐ伝わる。

光造は女が圧し当てた腹が呼吸と共に動くのを知り、体の向きを変え指を後からすべり込ませ女の女陰に当てた。女は腰を持ちあげる。それ以上するつもりはなかった。女が部屋に転がり込んで三日間あきもせず繰り返し繰り返し女と交接ったので、恥骨が甘く痛んだ。女の体に何度も打ちつけたために陰嚢もとまどったようにけだるかった。

女には駅一つ向こうの、丁度山を切り開いてつくった峠のむこうのバス停で声を掛けた。その日から光造は自分の部屋で女と一緒だった。

裸になった女の乳首は黒かった。「子供、二人おったんよ」女は言った。上が四歳で下が三歳、二人とも男だった。

光造は指で女陰の毛を撫ぜた。くるくると指先に巻きつけても剛いためにすぐ元の縮れの少ない毛にもどった。

光造の裸の胸に口をつけていた女が顔をあげ、光造を見て濡れた唇で、「シャブをやってみたことある？」と言った。光造が花弁のように開いた女陰を指の背でゆっくりさすり始めて快感を抱くのか白い歯のもれる笑をうかべ、「そのあたりに打ったら効くて」

「シャブか？」

光造は言った。シャブと呼ばれる覚醒剤を打っている夫婦は光造のアパートのすぐそばにいた。やせて頬骨の浮き出た顔の四十男は、シャブを射ちすぎて幻聴を聴いていたし、その女房は、男には不つり合いな若い眼の澄んだ美人だがこれもシャブの為、何をそんなに大きな声を出す事があるのか、夜半、よく金切り声で叫んだ。それは怒りが胸の中に溜りすぎてもちこたえられなくなってしまいすっかり吐き出そうとする声に人の耳には聴えた。いつも長く尾を引いていた。光造には馴れたものだったが、赤い髪の女は驚いて光造を揺り起こしさえした。シャブの為に夜半になると騒ぎ立てるのだと光造が説明して、女は納得した。

「打ったことあるんかい？」

とその納得のしようを光造は訊いた。若い男と仲良くなってシャブで中毒になり入水自殺してしまった女友達を知っている、と言った。海に呑み込まれて苦しかったのか、それとも体中いたるところに針痕のあったシャブの快楽のただ中だったのか、水から引きあげられた死体の足の指は力いっぱい反っていた。「こんなにしてな」と女は足の指の形を手で真似てみせた。女の手の指から水がしたたっているようにみえた。

女は赤い舌で光造の豆粒ほどの乳首を嬲《なぶ》っている。光造は指の背でゆっくりこすっている女陰がいまそんなふうに赤く充血しているだろうと思った。ひだとひだの間が分泌したしょう液に似たもので濡れている。女は手を光造の下腹に置いて、光造をじらして性器の辺りを指で撫ぜる。鼻先をこする女の髪が香油とも血のすえたものともつかぬにおいを放っているのを光造はかいだ。女が蒲団を足ではねのけて体を折り曲げ、光造の指をその中心に導こうとする。女は眼を閉じていた。

アパートの雨樋を伝う水かさが増したらしくトクトクと音を立てはじめた。


女が部屋に来て四日目に光造は、なるたけ人目を避ける為に外に出るなと言って仕事に出かけた。光造の勤める建設会社の事務所は市内の真中を流れる掘り割りにかかった橋のそばにあった。

雨は細い霧と見まがうほどだったがまだ降り続いていた。事務所に顔を出して、ダンプカーの配車が決まるまで齢がさして違わない孝男を連れ出して喫茶店に出かけた。光造は部屋に転がり込んで来た髪の赤い女の事を言いたかったが極力話をそらして、降り続いた雨で川沿いの国道が滑りやすくなっていると言った。その国道で昨日の朝二件続けて事故があったのをみたと孝男は言った。一件は山際の側溝に左半分の車輪を落とし動きがつかなくなっていた。あと一件は山肌に横転してぶつかったのかガラスというガラスがめちゃくちゃに割れ、ガソリンさえ漏れ出していた。川からの風が吹いていたおかげで揮発したガソリンは飛ばされて火は吹かなかった。

孝男は「運転した奴がそのすぐそばの草のとこに坐って、煙草を吸っとるんや」と呆れ顔で言い、火が点いたらどうするんだと怒鳴ってやったと言った。ガソリンと土埃でまみれた運転手は片一方だけ靴をはき、怒鳴り声にやっと気づいて手をあげ、跛を引きながら歩いて来て平然とした顔で電話のあるところまで乗せてくれと言った。孝男は助手席に乗せて、酒のにおいのする運転手はポケットから煙草をとりだし口に咥えて、ダンプカーのライターで断りもしないで火をつけた。

喫茶店の窓からみえる梅の花はすっかり花弁が落ちていた。

光造も事故はよく見かけた。いや、川沿いに山に入って行く国道や、海沿いの道を毎日車で走らせていると、リュックサックを背負った学生や女学生に乗せてくれとよく頼まれた。事務所の規則では会社の者以外は乗せてはいけない事になっていたが、五人ほど居る運転手はそんな事は守らずその時の気分で乗せたり乗せなかったりした。

この春先までは駅二つむこうに出来る港のコンクリ打ちに使う為に、川砂利をまっすぐ生コン工場に運び込んでいた。その生コン工場も光造の勤める建設会社のものだったが、光造らの事務所は春から新規に外注ものを取ることで独立採算制を敷いた。その事務所はダンプカー、ショベルカー、ブルドーザーのリース専用事務所に変っているようでもあった。それが五人ほどいる運転手の不満の種だった。確かに五人の運転手らは、大型免許だけではなく大型けん引も大型特殊免許もそれぞれ持っていて、運転する者も器材もない小さな組のどんな要請にも応えられるようにチームが組まれていた。事務所長は忍者部隊だとその五人の運転手を言った。土方がコツコツと穴を掘りコンクリをスコップひとつで練り上げる時代は終った。土方を五人使って三日間でやる仕事の量とショベルカー一台を三時間か四時間動かして出来る量は同じだった。ツルハシもスコップも土方仕事には必要ではなく、ショベルカーやブルドーザーで掘り上げたところを図面通り修整する事だけでよかった。ツルハシをふりあげてふりおろす代りに、ハンドルを操作すればよいのだった。事務所長はそんな何でも出来る忍者らを抱え器材を取りそろえているのは、建設会社に資本があるからだと言ったが、運転手らは、それぞれダンプカーに気楽に乗っているのが一等よいと言い、事務所から派遣されて、土方の組に出かけてショベルカーやブルドーザーを運転するのをいやがった。

光造が注文のあった組にブルドーザーを運び、ブルドーザーが土を掘り起こすのを感心したように見ている若い土方に、「誰でもこんなものすぐ出来ることじゃ」と一度機械の操作を教えた事があった。土方は簡単に覚えたが、事務所長からは、機械だけのリースと運転手付き機械のリースの違いを光造はじゅんじゅんと説かれてから、叱られた。運転手付機械のリースは、市内に大小とり混ぜて五十ほどある土建請負業を非能率から救い出して合理化、近代化を促進することにもなる。運転手の光造には、経営の合理化や近代化など知った事ではないと事務所長の話をきき流した。

孝男が配車の様子を訊きに行ってくると席を立ち、しばらくして笑を浮かべながらもどって来て、「配車ゼロ」と言った。席に着いて読みかけのスポーツ新聞を持ち、「なにが大資本じゃ。土方休みじゃったらおれらも休み」と言う。光造は孝男の笑で一本の線のようになった眼を見て、細い雨の降っているアパートにいる髪の赤い女を思い出した。下腹に火が点くような気がし、光造は窓に映った自分の顔を見ながら、女の舌が、いつまでもいつまでもくたびれて充血すると痛みを持ってくる性器を包みこすっているのを思い出した。そんなに何度も何度もやって痛くないのかと女を自分の体の上に引きあげ、女陰にまだ柔かいままの性器をおし当てながら光造が訊くと、光造の眼を見て唇についた唾液を自分の舌でなめて声を出さずに痛いと笑をうかべた。

手を添えないと柔かいままの光造の性器は女の濡れた痛みを持った女陰の中に入って行かない。光造の裸の胸に自分の胸を重ねたまま腰をもち上げ、折れ曲がってしまう柔かい性器の先が自分の女陰に当るように女は体をねじる。

「こんなに何回も何回も亭主とやっとるんかい？」

光造が訊くと、うんと鼻で返事をし、その返事の仕様に煽られてまた固まり始めた性器をやっと中に入れて、「何回も、何回も」と女は言った。女の舌は精液の味がする気がし、女は光造に「あんたもそんな味するよ」と言った。鼻腔にクラッカーの粉が入ってにおいを立てている気がしていた。窓に自分の姿が映っているのを見ながら、女が見ているのも女が繰り返しなめて唾液を呑み込んだのもこの体から分泌されたものだと思った。勃起しかかって痛みを持っている性器を楽にしようと腰をそらした光造のズボンの股間の脹らみを見て、孝男は笑をうかべた。

配車がないのなら今日は休みだと、光造はそのままアパートへもどった。髪の赤い女は部屋の中にいた。「お帰り、はやかったんやねえ」と女はそう言って何度も光造を迎えていたように声を出した。蒲団は敷いたままだったが部屋の中に散乱していた週刊誌の類やよごれた靴下や下着をかたづけたらしく部屋は整ってみえた。窓が開け放たれ、白い雨が直に手をのばせば届く。

女は服をつけていた。ダンプカーに乗った時のままのその服は、光造には新鮮に見えた。女は蒲団の横に坐り、「この窓から色々よう見えるよ」と言った。光造がジャンパーを脱ぎシャツ姿になってから女は「夕方まで帰って来てくれんのかなあとここでボンヤリ思てたん」と独りごちるように言った。

光造は窓を閉めた。部屋はシャツ一つでは肌寒かった。普段ならそのままパチンコをやりに行くか、同僚と待ち合わせて行きつけの喫茶店に女をからかいに行くところだった。

「お腹、すかへん？」

女は訊いた。

「ボンヤリと窓の外みてあのデパートのアドバルーンあがったあたりにラーメンのおいしい店あったと思てたん」

「ラーメンやったらどこでもある」

光造が言うと、髪の赤い女は唇をあけずに笑をつくり、

「それでさっきまたつくって食べた」

光造が「寒い」と身震いすると、女は光造の眼の奥から気持ちを読みとろうとするように「なあ一緒に寝よ」と小声で言う。

蒲団に入って女が裸の体を擦り寄せ、光造の手を持って自分の女陰に触らせ、耳に「なあ濡れてるやろ？」と息を吐きかけて言った。女は光造が仕事に出て行った後からたまらず自瀆をしたと言った。乳首が張ってチクチク痛んだ。体の中に消し忘れた火がありそれが間断なしに女の柔かい肉の体をおおい、靴下のにおい下着のにおい部屋の中にこもった男の不思議なにおいが苦しくてたまらずに指で傷をつけないように自瀆した。女は裸に裸

をすり寄せてその温もりを楽しむのか、

「夜まで帰って来なんだらこんなふうにしてくれる人のとこへ行てしまおかしらんと思たんよ」

と言い、光造の体を上に乗せようと胸を起こしにかかる。下になった女は足を立て腰を上げ光造が中に入ると思い切り声を上げた。声は圧し潰される子宮の奥から腹の中を通って胃に這い上り、そこが苦しみの中心だと言うように呻く。女の乳首は光造が吸ったため乳が出てきたように唾液で濡れて黒かった。手のひらにすっぽりとその乳房はかくれてしまう。何人の男を女はこんなふうに迎え入れて来たのだろうと光造は女が徐々に身が硬く締まりはじめるのを感じながら考えた。女の夫はこんなふうにして夜毎女と交接し、女を苦しめ責めさいなんでいたのだろうか。光造は女とほとんど同時に射精しながら、体中でおこりが起ったような快楽の一瞬に、女の色艶の悪い赤い髪がその夫の趣味なのだと思った。夫は何から何まですべて女に教えた。坐ったまま女が光造の肩に両足を乗せて交接るのはこの赤い髪の女が教えた。性器に刺し貫かれる女陰を見ながら女が声をあげ、女陰をしっかり閉ざすように腰を左右にうごかす女の楽しみは、夫が教えたものだった。けいれんしつづける女の腹を撫ぜ、脇腹を撫ぜながら光造は、峠のむこうのバス停の近辺にはこの女に快楽の味わい方を教えた夫がいると思った。女はまぶたに涙の滴をつけていた。

光造は立ち上がり、タオルを濡らし固くしぼり、女の女陰をぬぐい女から流れ出たさらさらした粘液で濡らした蒲団を力を入れて強くこすった。かがんだままの光造がそのタオルで自分の股間をぬぐおうとすると、女が「いや」と手を払い、しゃがみ込んだその光造の股間に赤い髪の頭を入れつり上った陰嚢に鼻を圧し当て口唇を圧しつけた。光造の前に蒲団をはねのけあおむけになって上半身をおこそうと力をこめた体があった。女は犬のように光造の陰嚢と尻の間に舌を這わせた。女は光造の足首を持ち、つめを立てた。女がやりたいように光造はしゃがんだままの体に力を込め体の重みをかけないように女の上に被さる為ゆっくりとひじをついて身を落とす。女が、その光造につられて陰嚢を口に二つ共含み込もうとする。その女の揺れる赤い髪を一時見て、光造は女の女陰を丸めてしぼったタオルでこすった。そんな事も髪を赤く染めさせた夫ならしていたかもしれなかった。いや花弁のように開いた部分をタオルで痛みを与えないようにこする事はしたかもしれなかったが、タオルをスクリューのようにしぼりそれを性器代りにして女陰の中にいれるのはした事などたぶんない。光造は女の女陰を開き唇をつけながら自分の幼さに苦笑した。

外へ行ってみようと誘ったのは光造の方だった。女が部屋にどういうつもりで居るのか分からなかったし、光造自身も女に対する気持ちを自分で決めかねていた。つきあっている女が居るわけでもなかったのでことさら女が部屋に転がり込んで来た事が迷惑だとも思わなかったが、どうしても女にここに居て欲しい女が愛しくてしようがないと言うほどのものでもなかった。一日が三日になり三日が四日になっただけの事だった。細かい霧のような雨の中を光造は女を傘に入れて、裏道を選って繁華街に向った。

女は光造の腕に取りすがるように腕を廻した。女の耳に口を寄せて「痛い事ないか?」と訊いた。女は「ちょっと」と雨をみつめたままわらいもしないで答えた。光造は自分の体中から女のにおいがしているのを感じた。繁華街のちょうど裏に喫茶店があった。女はその喫茶店を指さし、「下着なんか取りかえてへんから。いつまでもはきもせんとはおれんし」と言い、そこで待っててくれと言った。金を持っているのかと訊ねると、「ちょっとだけやったら」と言う。それで光造は金を一万渡した。

喫茶店の入口の軒下で女に傘を渡した。「すぐもどって来るから待ってて」と呆けたような動きのない眼で顔をみつめて女は言い歩きはじめた。すこし痛むと言ったがその歩く姿は普通の女と変りなかった。

女がもどって来たのは小一時間経ってからだった。女は両手いっぱいにスーパーマーケットの紙袋を持ち、「ほら」と厚手の緑の生地に茶で強い線の模様が入っているカーテンを見せた。

「レール買うて来るの忘れたとすぐそこまで来て気づいたけど、かまんわァと思て。釘打って引っかけたらすぐでも使えるもん」それから、これが茶碗に箸、すぐにでも煮たき出来るように手ごろなナベも買ったと紙袋をのぞき込む。かすかにウェイブのかかった赤い髪が女の早口に合せて揺れる。

「パンティも買うたかい？」

光造が言うと、先ほどとは打って変った眼で、「みせたろか」と言い、光造が助平ったらしく笑っているのを知って、紙袋の奥に手をつっ込んでごそごそとひっかきまわして、「これがあんたの」と一つを光造の前に置き、一つを自分の左手に持ち膝の上から紙袋を床におろした。その仕種が妙に以前つきあっていた保険外交員を思わせた。保険外交員はもう何度も一緒にホテルに入ったのにハンドバッグをいつも大事そうに膝の上に置き、抱えるように身を傾がせさしむかいに坐った。三十を幾つかこえたばかりでまだ無駄な肉がつくにはすこしばかり時間があるというのに保険外交員のその仕種は中年女を感じさせた。女のその身にこびりついた生活の垢は生活の中でしらずしらず身につけてしまった癖のようなものだった。その癖は、光造には自分と同年齢や齢下の女にはない色気さえあると思っていた。保険外交員はきまってその時足を立てた。その立てた両の足で動き続ける光造を強くはさみつけている。足を立てさせないと不安がりさえした。

髪の赤い女は左手に持った紙袋の折り目についていたテープを色つやの悪い白いつめ先で丁寧にはがした。果物の皮をむきでもするように左手の上でくるくると転がし、それをまた、スカートの上に置く。

「こんなんみたらクラクラするよ」

女はほら、と一枚を取り出して広げてみせた。一枚は輝くように明るい桃色で縁にフリルがついた子供の物のような小ささだった。女の剛い陰毛がはみだしはしないかと光造はおかしかった。女は光造の笑い声を聞いてふとそこが喫茶店だったと気づいて店内をみ廻し、ボーイが見ているのを知り舌を出して身をすくめ、あわてて紙につつみ直し、「みんな男ていやらしなあ」と言う。「考えてる事と言うたらあの事ばっかしやからな」

「なんじゃ、あの事て?」

光造が合の手を入れると、

「知らん」と言う。

頭を振った女の顔が赤く上気していた。光造の知っている女だったら、ここですかさずわざと蓮っ葉な口調で「あの事知らんのやったらわたしが鼻の先にでも擦りつけたろかん?」と切り返して来るところだった。路地に住む光造のイトコは一度失恋したという同僚の孝男の顔をみつめて、「そら、あんたの顔みとったらこんな精力の弱そうな男につきあってても、ええ目をさせてもらえんと逃げたんよ」と真顔で言った。そのイトコとその遊び友達の女二人が、光造らが五人ほどで街でひっかけた女を廻した時、これは孝男ではなく別な連れだったが交接する前に女陰の穴を捜しているうちに漏らしてしまったと聞いて、「あかん男じゃ」と声をそろえて軽蔑した事もあった。

赤い髪の女はそのイトコらとは違う、と光造は思った。色の悪い白い肌のえり筋を上気させた女は光造の顔を焦点の合わないうるんだ眼で見る。

喫茶店の外を紀州犬らしい白い犬が歩いていた。

その喫茶店を出て繁華街から映画館へ抜ける裏道にあるお好み焼屋に入った。座敷に上り込み、光造はビールを頼み、女は自分で焼いたお好み焼きをまた赤い髪を揺り立てて食べる。光造が注ぐビールを口をもそもそと動かしながらコップを右手に持って受け、ビールが空になったのを察して「お姐さん、すまんけどもう一本くれん」と声を掛けた。内儀が店のコンクリの床をかたかた下駄の音させてやって来て、「なんやろ?」と障子をあけて顔をのぞかせた。

「おビール欲しの」

女は言った。

内儀が障子を閉めてから、「始めて食べ物らしいものを食べるわ」と女は言う。

女に光造は何も訊かなかった。実際女に何を訊いてみてもしようがなかった。丁度口笛一つでついて来た犬をあれこれ考えせんさくしても結局はその犬を飼うのかそれとも追い払うのかどちらかしか道がないように、光造には女を部屋に居続けさせるのかそれとも追い帰すのか二つの方法しかなかった。赤い髪の女は光造の部屋に居続けた。

光造は女が部屋にいるとこうも生活が変ってくるものかと思った。食器の類を使って部屋で物を食う事が滅多になかったのに女が来てからそれが目に見えて数が増え布巾がその上にかぶせられていた。窓の下にビニールの赤い紐が張られ洗濯物がそれに干されていた。それから女物の赤いエプロン、ブラウスがかもいにかけられた。それだけで部屋は急に明るく見えた。テレビもステレオもなくただ寝るためだけだった自分の部屋が同じ年頃の連れや同僚の誰彼の部屋と変りがないように見えた。光造はただ自分の部屋が赤い髪の女がすみついてからすこしばかり女の手を加えられると次々に変っていくのに驚いていただけだった。だが、女はまた独り者の男の生活のすみずみを知る事に興味があるらしかった。

赤い髪の女には、決まって明け方に覚醒剤中毒の女の立てる声が、自分の新たな生活の歌のように聴えているらしかった。よく「ほら」と声が聴える度に光造を起こした。その声は光造にはききなれた豚の声と同じだった。光造は何も感じなかった。その覚醒剤中毒の夫婦が迷惑だというのはそれが自分と同じ人間だと思うからだが、それならどこの家でも夜になると立てる女の快楽の声も迷惑がらねばならないと光造は思った。自分が立てさせる女の声や自分が立てる快楽の呻きがよくて、人の快楽の呻きが悪いという理屈などない。赤い髪の女がどんなに大きな声をあげても光造が頓着しないのは、それまでも何度もアパートの薄い壁を通して隣の女の声が聴えて来たからだった。「ほら」と女が光造に聴き耳を立てろと言う度に、「気持ちよがって豚のように声を上げとるんじゃよ」と言う。覚醒剤を打ち生きていまいることが快楽だと声を上げている、と思った。そのまま光造は目が覚めて女の乳房をもみしだき女に快楽の声をあげさせることもあったし、また再び女にのしかかられたまま眠りにおち入る事もあった。女は何度も何度も自分の身に波を打って襲ってくる快楽をだけしか要らないのだと言うように光造と絶えず乳繰っていたい風だった。

女とさっき部屋を出るまで互いに体をなめあい撫ぜ合い交接していたのに、女は、連れて入ったスナックで光造の耳に声をひそめて、「またしたなってきた」と言った。光造は「よっしゃ」と返事をして女に「あとで時間かけてゆっくりやったるからな」と言う。光造が仕事からもどって部屋に入ると女は裸で寝ていた事があった。女はうるんだ眼をしていた。光造は一瞬、赤い髪の女が光造ではなく別の男を部屋にひき入れて交接ったと思ったが、それをなじる方法を分からず、人が外で仕事をしているのに飯の用意もしていない、飯も作らない女などに用はない、叩き出してやると言い、蒲団をひきはがして女が裸に光造の脱ぎ捨てたブリーフをまとっているのを知って狼狽した。赤い髪の女は起きあがり顔に手を当て体をふるわせて泣いた。

光造は自分の部屋が女にすっかり占領されてしまい、女のにおいが充満しているのに気づいた。それは決して悪い事ではなかった。部屋が野球部の部室のようなにおいや建設会社の事務所の無味乾燥な埃っぽいにおいに充満しているより、二十八歳なら女のにおいがするのは当然の事だった。女の女陰から分泌する粘液、赤い髪、女が買って来た化粧品の類、マニキュアの除光液、それらのにおいが充満した。それはいつもクラッカーのようなにおいになって鼻にあった。

女はそのにおいを光造のものだと言った。光造が違うと言うとわけ知りのように、「独り者の男には独得なにおいがついとるんよ」と言った。「あんたは最近になってだんだん取れて来たけど、なんやしらんムーとしたもんがこびりついとる」

「よう知っとるな」

彼がからかうと、

「わしかてこんなんやけど、鈍い事ないもん」と言った。

「ここに来た時からずうっとそのにおいがあんたの体からしとったんやから。なんやろ？と思た。ずうっと思ってた」

女は分からないという顔の光造に小声で「自分では分からんと思う。あんたを抱いた人やったら分かるかもしれへんけど」と言った。光造は保険外交員の顔を思い浮かべた。

或る日、仕事から帰った光造に女がその覚醒剤中毒の夫婦を見たと言った。赤い髪の女は洗濯物を窓のビニール紐に干していてふと下からじっと見ている人間がいるのに気づいて窓からのぞくと、やせぎすな女がじっと自分を見つめている。それが自分を捜し廻っている人間だと女は思って、ふと身をすくめた。下からやせぎすな女が怒鳴った。意味がはっきりとききとれなかったがその声を聴いてそれが覚醒剤の女なのに気づいた。それですこし勇気が出て、いまいちど窓から顔をのぞかせた。覚醒剤の女はその顔に向かって「殺したろか」とどなり始めた。その自分の声に自分で煽られたのか、覚醒剤の女は、アパートの戸のむこうまで来て、ドアをどんどん叩いた。覚醒剤の女はまた何を勘違いしたのか、はためもかまわず「出て来い、殺してやる」とどなった。

その女の亭主を呼び出したのは同じアパートに住む主婦だった。

覚醒剤の女は亭主になだめられて窓の外をその声がいつも聞えてきた方へ歩いていった。

女はことさら言わなかったが、始めてみたその覚醒剤の女に殺してやると言われて衝撃を受けていた。女はその覚醒剤の女が帰ってから長い間、何一つしたいと思わず、ただ息がつまってくるほどの不安を抱いたまま、光造の帰りを待っていた。その赤い髪の女をただ光造はなだめる事だけのために身を引き寄せ、着ている服をそのままの姿勢で脱げるだけ脱がせて丁寧に愛撫して、内臓の奥から声を出すまで根気よく口で吸った。窓の外がすっかり日暮れてから光造は赤い髪の女を連れてイトコの家へ行った。

そのイトコの家には着物の通信販売をしている夫婦が来ていた。赤い髪の女は物を言わず、人の視線をさけるように、光造の体の後に坐っていた。イトコの敏子は、女が便所に立った隙に、左巻きの合図をつくって「これ?」と訊いた。光造はイトコの敏子にその最初から説明するのがめんどうくさくて素直にうなずいた。敏子は光造の太ももを手で一つたたいて、「羞かしよ」と言い、口を手でかくし声を殺して笑った。便所からもどって来て女はまた光造の背中のすぐ後に坐り込んだ。

着物の通信販売するやせた男の方が、

「どこぞで見たような気がするな」と言い、イトコの敏子とは十ほど齢の離れた種違いの姉になるフキが、「そういうたらさっきから私もそう思てたん」と相槌を打った。フキは光造の後にかくれた具合に坐っている女に、「あんた、この前まで尾鷲の奥の方に住んでなかった?」と訊いた。女は小声で「そっちの方は知らん」と言う。

「確か大里とかいう土地からまだ奥に入ったとこやけど、車で呉服の生地いっぱいつみ込んで行た時に集会場みたいなとこへ呉服みに来てくれてた気するよ」

女は知らないと頭を振った。

「そうかん、人違いやの」フキはあっさり言って話を変えるというふうに、「そんなふうにして呉服を車につんで方々走り廻ってったらいろんな事に出会うよ」それからフキは、「なあ、お父ちゃん」と話を預けるように言う。男はそういつも呼ばれているので何のこだわりもないのだというように、「光造らもそんなんやろが、おれらもやっぱりお母ちゃんの言うとおりやね」としゃがれ声で笑をうかべて言う。「俺、車を運転ようせんさかお母ちゃんのすぐ横におって、ちょっとお母ちゃんゆられてムズムズして来たわ、というても、何を、この不精者は、と言われるが、自分がそうなってきたらこっちの都合などはおかまいなしや。モーテルのすぐ前に来て入口のすぐそばまで来て、お父ちゃん、このままモーテルに入るよ、ええなあ、と返事も訊かんと入口を突っ込んどる」男は小指をつめた手を振った。その身振りが入っているだけに余計二人がつくり話をしているように見えた。テキヤをしていた男はこのまえまで貸金の取り立てに行ってらちがあかないと相手を殴ってしまい傷害で刑務所に入っていた。

「モーテルの風呂に二人で一緒に入ったらよかったんやろが、その時、前の日にワシ、ちょっと遊んどって他の女にキッスマークをつけられとったと思たさか、先に風呂に入って調べてみて、マークなどないんで安心して簡単に洗ってすぐ出たんじゃよ。入れ代りにこれが風呂に入ったわよ。ブツクサ言いながら。ワレ、昨夜、遊んで来くさって、今日は締めあげたるさか。そういうんでワシも男やさか覚悟していまかいまかと待っとったら、風呂から出て来えへん」

「大っきい風呂場やったねえ」フキは言った。

「マットの敷いた洗い場が畳三畳分ぐらいあったかいね、そこでお母ちゃん体中に泡をたてて独り泡オドリやっとる。アホらしやら、なさけないやら」

敏子が笑い入りながら、「二人で泡オドリせなんだんかん？」と訊くと、

「したよ」

敏子は手を叩いて笑った。

赤い髪の女は笑いもしなかった。

「せっかくそうせえと説明書きもついとるし、それにお母ちゃんの命令やから。自分がトルコへ勤めに出たみたいな気になってアワ吹きながらサービスしたよ」

そのモーテルに行ったのは大里の辺りが雨で水びたしになって展示販売の集会場までつけそうにもないと分った時だった。その二日後に水がひき、尾鷲からしばらく海岸よりに走ったところで販売会をひらいた。五十年前から沼地と川がすぐそばにあるそこは排水が悪く大なり小なりの雨が降るときまって水は出た。その赤い髪の女によく似た女はそこにいたと言った。

「髪、赤かったか？」

「それがあやふやな記憶しかないんよ。まあ、それはそこにおってもおらんでもどうでもええが、どこの家でも庭が川原みたいに石がゴロゴロ転ってみえるの」フキはそう言って
「あんなんもえらいと思うわ」と体を起こして言った。

「大里言うたら、この前、うちのなんかとみんなで会うたスナック知っとるやろ、あそこ

のマスターがそうやね」敏子は言い、ふっと真顔になって「なあ、心配せんかて身元調査などせえへんから」となだめる。赤い髪の女は三人に目立たないように指で光造の尻をこすっていた。

赤い髪の女をダンプカーに乗せたのは大里とは反対側の海岸線だったので、光造には、フキとその男が見たという話は信じられなかった。大里へ行くにはそこからなら矢《や》ノ川《こ》峠を越えなければならなかった。女はその敏子の家からもどり、泣いた。赤い髪の女がどこで何をしていようと、今の光造には興味のない事だった。女は温りを持った体であればよかった。

女は泣いた顔を洗面所で洗い、タオルでぬぐってから、今さっきまでうっとうしい声で泣いていた事など自分ではない別の人間のやっていた事だというように、「その角、出たとこのスーパーマーケットでラーメン安かったさか、いっぱい買うて来とるんよ。つくって食べる？」と訊いた。光造の返事を待たずに湯をわかしはじめた。「今度、給料入ったらこのガスコンロ、取り換えよ。うち、いっつも火つけそこねるよ。昔からうっかり者やと言われたけど、こんな難儀するガスコンロで火傷したりするの嫌やし。うちの事やから火ついてなかっても忘れてしまうかもしれんし」

女は言った。スーパーマーケットの紙袋からラーメンを二袋取り出して封を切り、思いついたように、「あのスーパー安いなァ」と独りごちる。「卵なんかメチャクチャに安いし、あの棒のついたチョコレートらも他より二、三円は安い」

「二、三円ぐらいか」光造が女の話に合の手を入れるふうに口をはさむと、

「この辺りの人はそれを知らんと、安い買物しとるんよ。あのスーパーの卵が特別安いのはどうしてなんやろ？　養鶏場がそばにあるんか知らん？」

「養豚場はここから歩いて五分ぐらいであるな」光造は言った。女は出来た出来たとラーメンを入れたドンブリを両手で支え持って光造の前に置く。立ったまま、「はい」と箸を手渡しして、自分のドンブリになべからラーメンを入れて持ってそれも光造の前に置き、

「どうせな、今日はスーパーへ行って卵買おかどうしようかと迷って買わなんだ時からついてなかったんよ」と言う。「卵でもひとつあったらインスタントて感じにならへんねえ」

女はズルズルと汁をすすった。

女の赤い髪がまた揺れているのを視ながら、光造はアパートの通りを左に折れたところにあるスーパーマーケットの経営者が養鶏場を持っていただろうかと思った。

女は光造の不精髭の生えたあごから頬の辺りを温い唇で何度もなめた。唾液で頬がぬめってかゆくなり光造は女の髪を手で押えその唇に唇を押し当てた。女の唇の中に舌を入れ

て乳を吸う子のように光造の唾液を飲み込む女の髪を撫ぜた。舌の先で女の舌をこすった。女は歯を打ちつけるほど強く唇を差しだす。女の右手が光造の尻の割れ目の辺りをわしづかみにしている。

女は犬のようになめられたがったし、犬のように光造をなめた。光造の素裸に出来た鳥肌を面白いと舌を這わした。光造は女の女陰を指で開きそれが女の一等壊れやすい部分だと舌を置いて口で凪の息を吹きながら動かした。女は光造の陰毛に唇を当て陰毛を唾液で濡らしながら嚙み、また声をあげる。何度も女の内臓の奥から吐き出すその声を耳にしたが光造には新鮮だった。同じ体から同じ声が出るがその快楽の声は今はじめて耳にするもののように聴えた。女は丁度真上から逆さまに押さえ込まれているために自由になった足をのばして広げ力を込め、その力の限界で、「いや」と足を閉じた。女は力なく女陰をまだ嬲る光造の頭を撫ぜる。

女に頭を撫ぜられながら光造は快楽の波がうずまいている女の体の温もりを味わうように頬をよせる。女は光造の体を重いとはねのけようともせずに腹を上下させて荒い息を吐き、それから、

「汗かいとるやろ」

と世迷い事を言って普通の形で抱いて欲しいと言った。光造は起きあがった。体の水分をすべて女に吸い取られて喉がかわいたと思い、勃起した性器のまま流しに行って蛇口に

口をつけて水を飲んだ。暗い流しは以前そんな事はなかったぬくもった食べ物のにおいがした。「飲みたいか？」光造は女に訊いた。その光造の眼を気にするのか女は女陰をかくして足をそろえて曲げ、「喉かわいた」と言う。光造は流しの蛇口にいま一度首を伸し、口いっぱい水をふくんで女が自分をみて眼がうるんでいるのを見ながら漱ぐふうに口を動かし、女の前に行った。女は笑わなかった。寝ている女を見下ろして、立った光造に真顔でのろのろと手を差し出し、光造が女をみつめたままなのをせかすように足首をつかんだ。光造はその女を視ながらしゃがみ、女の髪を生首だというように両手で持った。女は上半身をおこした。こぼれないように女に温もった水を口うつしした。女は喉の音を立てて飲んだ。温い水は唇からこぼれて女のあごを伝い喉首から乳房の谷間に流れた。

その肌についた水の跡を見ながら、

「何の味する？」

と光造は訊いた。

女は舌を鳴らして考え込み首をふって顔に笑をつくり、「インスタントラーメンかな」と答える。

光造が笑うと女は膝を折って祈る格好の光造に手をのばして性器を握って放し、坐ったまま足を上げて交接ろうと後手をついて股をひらいた。光造はその誘いに乗って、蒲団に尻を下ろした。女は光造の肩にゆっくりと両足を乗せた。それは女の好みの形だった。光造は女陰の中に自分の勃起したままの一度も気を抜いていない性器を入れる。蒲団に女のものかそれともいまの水が落ちたのかところどころシーツが濡れているのを眼にした。クラッカーのにおいがまたしている。

女の女陰は充分に濡れているのに勃起した性器は入れ難かった。女がその光造にじれたように体をのしかけて女陰に光造を入れ、いかにもむくつけのその姿を自分で確かめて光造の顔をみつめ、「さっき毒でも飲ますみたいにおそろし顔してた」と言う。光造は両手で女の黒い硬い乳首をつまむ。

「なんやしらん怖ろし」

女の声は背骨の方から聞えてくる気がし、その女の声にむかって自分の性器を突き刺すように腰を打ちつける。女は赤い髪をゆさぶり首をのけぞらせて腰を持ちあげ左右に動かす。女のそった胸の乳首が黒く光り、光造はその交接の形を教えた夫が吸い、二人ほどいるという子供が吸った黒い乳首に見せつけるふうに大きく腰を引き強く打ちつけた。赤い髪をゆさぶって立てる女の声を耳にしながら光造は自分の体にちりちり身を焼くようなものがわきあがってくるのを知った。それが乳首を吸った者への憎悪なのか単に女の声に煽られて次第に昂ぶってくる光造の淫蕩なのか分からなかった。

女は眼を閉じて髪を揺ぶり両肩に乗せた足首をしめるように力を入れながら声をあげている。光造はその交接の形を好きではないと改めて思い、それで女の足を肩から下ろした。

女は光造に抱き起こされていま光造がそこにいた事にやっと気づいたと光造の首に両手をまわして体を動かし胸に乳房をこすりつけ、光造の顔のいたるところに口づけした。光造は女に自分の舌を吸わせながら、性器を女陰からはずさないようゆっくりと女を下に圧え込む。腹に力が入りぶるぶると震えている。

電気が点いたままなのがうっとうしく光造は倒れ込む格好のまま手をのばしてスイッチを引いて消した。急に暗闇に落ち込むのを待っていたように女は舌を放し、鼻が性器だというようになめはじめ光造は女の剛い触感の髪を撫ぜ、上になって足を上げさせ股を広げさせて力いっぱい腰を打ちつけた。自分の快楽の為なら女の子宮を裂いてやってもよかったし、首を締めてやってもよかった。光造が同僚と読む雑誌に首を締めた時の女のその感触が忘れられず女を襲い強姦し殺して廻った猟奇事件の記事が載っていた。

女は声をあげる。女は苦しくてしようがないように呻いて粘液でいっぱいになった女陰を光造にこすりつけ、もっと深く強く動いてくれと尻につめを立て、それでも足りないと光造の動く尻の割れ目を指でつかんで尻の穴に指をつっ込み裂こうとする。つめで皮膚が裂ける痛みを感じながら、女のもう身動きつかないほど硬くなった女陰の中で長々と射精した。

一時、女に体重をすべてかけたまま、光造は自分の体から青白い炎が消えるのを待った。

た。光造の炎は音を立てていた。

赤い髪の女はその光造を自分の上から下ろし、物も言わず光造の股間にもぐり込んだ。そうやるのが当然だというように女陰をあおむけに寝た光造の顔の上に乗せる。闇の中で女の柔かい肉の尻が光造の眼の前にあった。

光造は嫌いではないと思い女のその女陰と尻の肉の間を手で撫ぜ、短い硬い不精髭をこすりつけた。

女の尻のくぼみに汗が出ていた。

女が腹から胸にくちづけながら這い上って来て、柔かい温い唇を光造の唇に押しつける。

女が光造の口に舌を差し入れ、こすり動かし、唾液を送ってくる。光造はその青臭い味のする唾液を吸った。女が下腹に手をのばして性器の先をこすりながら光造の耳に息をふきかけ、「なあ、朝までしよう」と言う。

光造は女の髪を両手で撫ぜた。

女は手で性器をこすりまた唇を圧しつけ光造の口の中に舌を差し入れ強く吸う。唇を離し、「ほら、固なってきたやないの」と耳に息を吐き、「うち、あんたの事忘れられへんのやから」と言う。女は光造の耳に軽く歯を立て体の上にはいあがり、自分の髪を撫ぜている手を上にあげさせて脇毛に鼻をつっ込み唇を圧し当てる。

長く尾を引いた叫び声は覚醒剤中毒の女のものだった。その日は赤い髪の女よりも光造の方が早くその声に気づき目覚めた。女は光造の胸元に頭をこすりつけ光造の下腹部にまだ未練があると陰毛のあたりに手を当てて寝ていた。

カーテンを引いていたが、白んだ外に細かい雨が降っているのは樋の音で分かった。怒り心頭に発したとも悲しくてしようがないともその餌を求める豚の声のような女の叫びはまた聞えた。

女は眠り込んでいた。

その眠った素裸の女の顔にかぶさった赤い髪を光造はかきあげてやり、ふと今日の朝が眼のさめるぬけるような青空ではなく白い空だったことが天の慈悲のような気がした。

雨は樋をトクトクと鳴らしていた。

眠り込んだ女を起こさないよう光造は女の手を自分の体から取りのぞいて立ちあがり蛇口に口をつけて水を飲んだ。それから女が毎朝そうするように薬かんに水を入れガスコンロに乗せた。火をつけ、青い炎の色をしばらく見て、自分の性器が充血しはじめて重くなり頭をもちあげてくるのを感じながら炎を小さくした。

微かな風が立てば消えてしまう炎があるかないかの状態なら湯がわくまで一時間はかか

るはずだった。湯がわかなくともよい、と思った。股間がしびれていた。光造は足音を殺して窓に寄りカーテンの隙間から外をのぞき見し、霧のような雨が白い空から降り、樋に集まった雨水が下のコンクリの溝に流れているのを確かめた。

　女はいつのまにか寝がえりを打って蒲団をかかえ込む形で光造に背をむけ尻をむけていた。なまっ白い肌理の粗い肌の尻から女陰が見えていた。光造は一時そうやって女の横にしゃがんだまま赤い髪の女の寝姿を見ていた。

　光造が女を揺り起こしたのは、また覚醒剤中毒の女が叫びをあげるのが聞えてからだった。赤い髪の女は光造に後から抱きかかえられているのに気づいて身をよじり、光造の唇に唇を押しあて唾液を音たてて強く吸い、女の叫びにあごをしゃくりながら「覚醒剤、うちが打たれてる気したんよ」と言う。

　光造が女陰に指をあておしひろげると、「そこに」と女は間のびした声で言った。女は光造の体にのろうとして足に足をからめた。光造にまたがったまま乳房を光造の胸にこすりつけるように体を倒して耳に息を吹きかけ「足が反りくりかえるくらいの気持ちやった」と言う。光造が色艶の悪い髪が愛しいと撫ぜると窓の外を見て「ああ」と首をふり、「雨降ってるから今日もこんな事しておれるねえ。いつまでも雨ばっかし降らへんけど」と言った。唇を光造の喉首に圧し当てた。赤い髪の女の唇が唾液で濡れて非道く温い、と光造は思った。

赫い髪は美しい。

（「文藝」昭和五十三年五月）

水の女

　富森がその女を路地の山の脇にある家に連れて来たのは、八月も入ってからの事だった。富森のやっている仕事は火を見るより明らかな碌でもない仕事だと、路地の誰もが噂していた。その噂は無理からぬ事だった。路地の中の男衆がみな働きに出かけている昼間、富森の住みついた掘立小屋同然の家に、ちょうど働き盛りの若い衆が何人も集まり、博奕をうち酒を飲んでいた。女はその富森の家に現われ、路地の者らが顔を覚える頃になると、路地の口さがない内儀の連れたまだ歩き立ての子供に、「かしこい子やねえ」と声を掛けた。駄菓子屋のそばで出会ったなら、いかにも荒くれの富森の女にふさわしい赤い鼻緒の下駄の音を鳴らせて駄菓子屋の中に入り、あれもこれもと袋に入れ、「これ、姐ちゃんから」とよちよち歩きのまだ充分に物を持てない子供に手渡した。路地のその内儀は、女にとりあえず礼を言ったが、十歳の子供の一日の小遣い賃の十倍はする駄菓子をもらって困り果て、女の顔をしげしげとのぞいてみたのだった。女は、荒くれの富森に似つかわしくない顔をしていた。女はそんな迷惑を一向に頓着しないふうに頭をひとつさげ、子供に手を振って富森の家の方へ下駄をまた音させて小走りに歩いていった。

女が酒の相手をしているのを見た者もいた。朝からその日は雨が煙のように降り、路地の若い衆の誰彼となく、日雇い仕事にあぶれて身を持てあましたように富森の家に集まった。縁側に腰をかけ、或る者は雨をよけるために庇の下にしゃがんでいた。朝からその富森の家は騒々しかった。いい若い衆が集まり何がおかしいのか笑い、声高にしゃべっているのは路地に住む者に気持ちのよいものではなく、何の気なしにのぞいてみると、富森の家の縁側に集まった若い衆ら二人、それぞれ上半身裸になり富森の家の前に大きな石を持ちあげている。その石は以前に住んでいたその家の持ち主が役に立たぬものだが棄てるにも手間がかかると裏に放っていた物だった。一人は、持ちあげはしたがそのまま歩く事が出来ないで、声をあげて地面に降ろした。「鼻緒が切れてしもたわだ」と言い、その若い衆は縁側に尻をおろし履いていた下駄を脱ぎ、手に持って鼻緒を引きちぎる。家の中に富森がいるらしかった。女が縁側にあらわれ、富森の為に用意していたらしい履物を持ってきた。その女の着た赤い服に煽られたように今一人の上半身裸の若い衆が石を気合いと共に持ちあげ、それを肩の上に差し上げる。おう、と若い衆らの感心したという声が起こる。そのすぐ後は酒になったらしく、若やいだ陽気な女の声が霧のような雨の中を響いて来た。

富森が連れて来た女は、路地の誰にも、富森の朋輩の秀明にも、素生の分からぬ女にみえた。いや、当の富森さえ、不思議がった。富森が女に会ったのは中地頭と呼ばれるこの土地の中心にある山そばの料理屋で、最初、闇屋をしていた桑原の女だと内儀から紹介されての事だった。闇屋をしていた桑原は自分が出て来た山奥の村から女を連れて来てひとまず料理屋に預けた、と言い、富森はそれならと女を誘った。女は素直に富森の誘いに乗った。富森は例のように女には桑原について一言も訊いていないし、また女も何も言わず、随分以前から富森の女だったように、山の脇の家で、朋輩の秀明や路地の若い衆らで酒を飲みながら博奕をするのに小言ひとつ言わずつきあい、若い衆同士が酒の勢いで喧嘩になっても顔色ひとつ変えず、居合わせた富森が若い衆のどちらの肩も持たず引き分けるのをみていた。酒を飲みながら博奕を打ち、それにもあきると、血気盛んな若い衆らのする事は力くらべか色話になる。若い衆らの話にさして顔を赧らめもせず女は笑ったり酌をしたりして聞いていたが、富森が用心して女との事にふれないように廻り道をして遊廓の女や、夜這いに行き首尾を果たした商店の女房が昼間顔をあわせても素知らぬ振りをしている話をすると、女は我が事を話されているように顔を赧らめた。その顔の赧らめ様が女に妙に色気を感じさせ、富森はつられるようにその土地で名の通った商店の女房が、その夜、再び行った富森の為に裏の木戸さえ鍵をかけずに待っていたと話した。富森は木戸を開けるのに音たてぬように小便したが、胸がはやって性器が痛いほど勃起してしまい小便がうまく出てこなかった。若い衆らはその小便の出ない苦労を分かると言うようにわらい、女は顔をこころもち下げて富森の後に坐って若い衆らの視線をさけていた。

山がすぐ脇にあるので縁側に蚊が出ているらしく髪を短く刈った博文はしきりに腕をかき、思いついたように日雇いの力仕事でごつくなった手で叩いた。その脇に尻をおろし富森のちょうど前にあおむけに寝そべった姿になって履いて来た女物の下駄をブラブラ揺っている実市は博文より五つは年下だったが、眼鼻立ちの整った顔からの印象とは別に、若い衆らの中で一等力があった。家の前に置いた木箱に腰かけていた正夫が、富森の徴に入った夜這いの話に刺激されて体がうずくと木箱をキシキシ鳴らして腰を動かし、昏い眼をしたまま唾を音させて歯の間から飛ばした。富森はその正夫を見て眼に笑をつくり、その家の女房が富森にまといつき夜が白むまで離さなかったと言った。実市が富森に「兄に会うたらかなわんわい」と言い、体を起こし、「よう秀兄《ひであに》が言うとるけど、兄と一緒に他所へ馬喰でもしに行て、一日でも泊る事あったら必ず女を見つけん事ないと感心しとるよ」

「秀明もそうじゃだ」

富森はそう言って裸の赤銅色の腹をかき、コップについだ酒を飲んだ。富森はキシキシ箱を鳴らしている正夫に、

「秀を追うて尾鷲の方から女、来なんだかい?」

正夫が首を振ると、「あれも自分の手が早い事を言わんと」と言い富森はまた腹をかいた。山の方で蟬が鳴いている声が重ったるく、朝降っていた雨がまた降りはじめると富森は思って、博奕に出かけるのはあきらめようと思った。降っていた雨が止むと曇っていても昼になると地温が上ってむし暑く、どこもかしこも開け放した山の脇の家は蚊が飛び廻る。女はその富森の気持ちを察したのか立って裏の戸を閉めて先に住んでいた者らが残していった茶色の大きなうちわを持ってきて富森に渡した。女はそれから土間に降り外に出て、縁側の脇に干してあった富森の白いシャツを取り込み、奥の部屋に入っていく。実市が「こんな天気、もし山へ入って枝払いの仕事しとったら、泣いてしまわよ」と言う。

「蚊は出て来るし、蛭は出て来るし」

「俺の言うた通りじゃ」博文は言った。「昨夜のうちにそこの山の木が動いとるの見て雨降ると思たが、案の定じゃ。朝早うから騒いで」

「働かなんだら金ないわだ」

「俺の家に実市が来たの、何時と思う。俺が寝とる枕元に来て、耳元で、正夫兄《にい》やん、雨降っとるがどうすると騒ぎたてる。空が白んだばっかりの四時」正夫がそう言って唾を吐くと、実市が、「耳元で言わなんだら声で眼さましてしまうわだ」と体を起こした。その時正夫は雨がここで降っていても、ここと山の中と天気はまるっきり違うと思ったが、三人で組をくんで山仕事にいくのだからと思い直してとりあえず博文を起こしに行く事にしたのだった。博文は父親が病気になってから使わなくなった牛小屋を改良した離れに寝泊りしていたので、朝早く寝入っている親兄弟を起こしてしまう心配も要らず実市は板戸を乱暴に引きあけ、正夫が開けた窓から顔をつきだし、同時に蚊屋の中に身を丸めて寝ていた博文を起こした。博文は起きたが、蚊屋から顔を出し、「雨降っとる」と言った。富森も今朝、そう思ったのだった。若い衆ら三人のように山仕事に行くのではなかったが、富森も夜の白みはじめた頃眼をさまして家の裏すぐにある竹藪に当たり、細い糸のような雨の音が幾つも重なって水の瀬音のような響きをつくっているのを耳にした。女は素裸で富森の体に顔をくっつけ身をこすりつけるようにして眠っていた。富森にはその女の寝息が妙に不安だった。吸って吐く規則正しい寝息を耳にし瀬音のような竹藪に降る雨の音を聴いていると、次の一瞬、爆弾が破裂でもする気がした。富森は女が何を考え一緒に従いて来て自分と暮らしているのか分からないとことさら思った。富森は女の寝息を耳にしながら、自分に身をすりよせるように眠っている女に優しい感情がわき、額にかぶさった髪をかきあげてやり、寝返りを打った女の首筋についた汚点のような黒子に唇を押しつけ、唾液で湿った舌でその黒子の形をなぞった。女は背後から覆い被さった富森の体の下で黒子をなぞる舌が体の中心に届いたというように身をすくめた。朝はまだ明け切っていなかった。女の肌に接した富森の腹や太腿の部分が女と富森の体温でうっすらと汗ばみ、すこし体を離すだけで家に入り込んだ朝の空気に冷えてきた。富森の唇が女の耳の裏に移ってやっといま眠りの快楽の波から這い上ったように、

「起きてたん」

と顔をねじり富森に笑をつくる。

「雨やねえ」と女は言い、その女の声に促されるように押しつけた自分の太腿の間から女の尻に手を差し入れ女陰《ほと》に当てようとすると、女は富森の手が動き易いように軽く膝を立てた。富森の顔を確かめようとするように女は顔をさらにねじって、「ずうっと起きてたん」と言った。腹に力を入れているのか声が震えているのを知り、富森は女陰に花弁が開くように当て柔かい細かい密生した陰毛をつかんだ格好の手をはずさないように身ひとつ後にずらすと、女は富森の体の下でむきをかえ、富森の胸板に顔をつけようとすりよる。富森の勃起した性器は女の脇腹に当たっていた。瀬音は富森の耳にひびいていた。

富森が女陰に当てていた手を離すと、急に女の体の中に弾機《ばね》がもどって来たように女は唇を富森の胸に圧しつけた。唾液で濡れた温い唇が胸の辺りを吸い、それが腹の方にさがっていく。瀬音を気にしながら富森は女の顔をひきあげると、女は富森の顔をいっとき見つめてそれから急に富森の体をはねのけるようにして富森の腰に足をのしかけ、「なあ」と言い、富森の体をあおむかせ胸から首筋に唇をつけた。女は細い無精髭が生えたあごすじに唇を這わせ、それがくすぐったく富森は顔を起こして唇で受けた。歯の間に女の舌が

割り込む。女の舌は富森にからみつきこすりつけ、富森は女に煽られるように女の体を持ちあげ、ちょうど富森にまたがった形になったまま腰を浮かした女の女陰をさぐり、女の唇の中いっぱいに舌を差し入れるように性器を入れた。

竹藪に当たる雨が瀬音に聞えると言う富森に、その女が話をしたのは、窓から水嵩の増した川が見えるという水手《みずのて》と呼ばれる川そばの土地の事だった。女はそこに誰と住んでいたのか説明しなかった。川そばの家の中にいて耳をそばだてるとその川の水音が聴えそうに思えたが女はそこにいた間ついぞ耳にした事がない。その水手に行くにはいつも重っくるしい甘い臭いが漂った看板屋の前を通らなければならず、女は繁華街の行き帰りの度に重っくるしい臭いの霧の中を息をつめて歩いた。女は、その富森と一緒に住む家が水手の川に面した家だというように、

「雨降ったらいっつも気色悪い気して。いつ何どき水が出て来るかも分からんから」と言い、「その土間まで川があふれてきたんよ」と土間を指さした。

富森の家に集まる若い衆らの内の誰が路地の者から鼻つまみにあっているというわけでもなかったが、ただ富森、という名前を聞いただけで、路地の者もその近辺の者もうなずくものがあった。富森は自分が棒引組であるのを知っていたので決して自分から、誰彼に近づきはしなかったが、棒引組ゆえにまた気性に気持ちのいいところがあると、同じ頭寸《とうずん》だけでなく、若い衆からも親しみをもたれていた。そんな富森の性分に魅かれたのか女は

富森が外へ出かけ博奕をやったり、同じような頭寸の者二、三人と組んで山奥の辺へ馬喰に出かけて来てつかんで来た金をもらい、気さくに子供の顔をみかけたら物を買い与えた。

富森の住んでいる家が山のすぐ脇だったので、隣はその家から緩い勾配の坂を下りた角の八兵衛の家が一等近かった。八兵衛の女房は最初に女に声をかけられた時、ついぞ見た事のない女だと思い、富森がまた女郎を足抜けさせて来て一緒にすみ、どうせそのうち追って来た遊廓の者らと騒々しい渡り合いになると思い、かかわりあいたくないと家の中に気づかなかったというように入った。八兵衛の女房は、女を富森にはもったいないと思ったが、そのうちに路地の若い衆らが富森の家に集まり、昼となく夜となく女がつくった物を肴に酒を飲んで声を荒げて博奕をやりはじめて、その女が富森にふさわしい蓮っ葉な女だと思うようになった。女は昼日中から酒の相手をしていたし、雨が降ると決まって集まる若い衆らが、石を持ちあげたり板を殴りつけたりして身をもてあまして力まかせに興じる声に女の声が混っていた。

富森は女が来て一カ月ほど経ったあたりから、家をあけて馬喰をやりに川奥の三里《みさと》、四村《よつむら》、川をへだてて矢《や》ノ川《こ》峠の方まで泊りがけで行く事が多くなった。買いつけた牛を富森は鵜殿《うどの》の大崎という業者に受け渡すのが常道だったが、仔牛を二頭ほど連れて来て、家の脇に繋いでいた事もあった。その二頭の仔牛を見に子供らが富森の家に集まり、その話を聞きつけて次の日別の子供らが行った時は、すでに仔牛は朝早くからいなくなっていた。女は子供らにがっかりさせてすまないと、わざわざ駄菓子屋に行き、いくつも紙袋に菓子を入れて子供らに「また来た時見たてね」と渡した。

富森は博奕に勝った時や馬喰の商いにもうけた日、よく女に物を買った。女は着物が似合うと町の繁華街の古くからある呉服屋に行き反物を買い寸法をはからせた。だが女はその着物を滅多に着なかった。

或る時、博奕に大敗けした。馬喰に使う元手も一切合財、取られて、富森は家へもどり女に買い与えた着物の類をすべて売らそうと思って、ふと何も彼も面白くなくなったと朝から雨戸を閉め切り女を裸にした。女は妙に恥かしがった。家の中を閉め切り日がほとんど射し込まない中で富森が女を引き寄せ乳房を揉みしだき、女の股を大きく広げさせようとすると、女は嫌だという。富森は訝しがり、雨戸をこころもち開けて嫌がる女にわざとそうするように日の光に照らして女陰を見た。女陰が濡れているのがわかった。富森は女陰の開いた桃色の花弁をみながら女が一瞬、別な男の性器を受け入れるのを想像してむらむらと腹が立った。富森は女をその姿のままにして沼地に入っていくように性器が女陰のひだとひだをかきわけていく感じを味わいながら体を女にあずけ、女の乳房を舌で嬲った。女は富森の性器が子宮を潰し内臓を押し出すというのか足を立てて逃げようとするように体を伸ばした。富森は女の両肩を押さえ、首すじに唇をつけた富森の耳をなめようとする女に、腰を打ちつけた。女はのけぞり口を開けて声を出した。女陰が固くなっているのが分かった。女は体をのけぞらしたまま足をのばして、富森が女の顔を見ながら女に合わせて自分も果てたいと速い勢いで腰を打ちつけると、女があっけなく果て、富森は女陰に入れた性器を抜き取る気もせず、呆けたようなひだに血が通ってくるのを待ちながらゆっくりと性器を動かしてみる。女は眼ざめて女陰に勃起したままの性器があるのに気づいたように富森に笑を浮かべて顔のいたるところに唇を圧しつける。その女をみて富森はやっと腹立ちが消えた。女にくぐもった声で「かまんか？」と富森が訊くと何を勘違いしたのか、「あかんよ」と言った。富森は充血した女陰が傷つくかもしれないと思いゆっくりと女の上で腰を動かしはじめると、女は「ちょっと見せて」と言う。「なにがじゃ？」富森が訊ねると、「あれ」と小声で言う。富森はわらった。「好きな女じゃ」富森は言って女の体を起こして立ちあがり、女の手が勃起した性器に触れようとするのを「待てよ」と止め、そのまま便所へ行って性器が痛むような小便をした。流しに行って水瓶からひしゃくですくって水を飲み、富森はそのまま女の眼に見られながら白い外光が洩れ込んでくる蒲団の方へ歩いた。女はひざを折って坐ったままいまやっと富森が自分にもどってきたというように立ったままの富森の両脚をかかえて頬ずりした。富森は女の髪を無造作に持って引き、顔を上げた女にほらと腰をつきだした。性器は女の白い肌とは比べ物にならないほど富森には黒く垢にまみれたように見え、女がそのただの木切れと大して変わらない性器に頬をすり寄せ、富森の眼をみながら唇をつけ赤い舌をみせてなめるのが不思議だった。女は股を開いていた。富森は足をその股間に入れ陰毛と女陰を親指でこすった。女が口をあけ性器を含み舌を小魚のように動かすのがじれったく富森が腰を突き出すと、女は呻いた。

それまでも、富森は酒に酔った勢いで女を裸にして何回繰り返しても行かないので業を煮やして性器を女に命じて口でやらすと、酔いに疲れ昼間の博奕仕事につかれて眠り込んでしまうまでやっていた。射精した時は夢の中だった。富森が体の重たさに眼ざめると女は性器と陰嚢の間に顔をうずめるようにして眠ってい、富森は女を抱きあげてたまらなくなり、女の背後から猛った性器を入れた。

夜を徹して博奕をやり、そのあげくがすっからかんになって山を一廻りしたところにある掘立小屋同然の博奕場からもどってきたのに、富森は眠気ともちりちりする淫蕩ともつかぬものがあるのを知った。女の中で放って眠り込みたかった。女になめられ女の温い女陰のにおいをかぎ、女の声を聞き、あまり強く感応しすぎて尻をどこにそんな力があるのかと思うほどわしづかみにされ、爪をたてられたかった。閉めた雨戸の外から物音は何ひとつ聴えて来ない。女は顔を動かす度に額にかぶさる髪をかきわけまだ性器をはなさなかった。富森はじれったくなって女を突き離すようにして「しんどいじゃろが」と言い、女の前にしゃがみ膝を折って女の唇を唇に受けてやり、そのまま女を蒲団に圧さえ込んだ。

富森は最前とはうって変って、女の体にちりちりと広がるものをまず乳房と女陰に集めるように手をそえて女陰の奥深くまで性器を入れてから、赤いしっかり張った両の乳首を指にはさみ、それから手にすっぽり入るほどの乳房を揉んだ。女の腰と女の胸は別の生き物だった。富森は女とは反対にゆっくりと腰を廻して女があっけなく昇りつめてしまうのを阻みながら、女の耳に熱い息を吐きかけ、「えらい奴じゃ」と言った。「女郎にでも出たら、男がひっきも切らさんようになる」女はその富森の声に耳が聾してしまったように声を出して身を傾げる。腰を強く打ちつけると性器にぴったりとからんでいた女陰が形を歪めたのが富森には分かる。富森は女が唇をあけて、両脚をこころもちもちあげ性器が女陰の奥深く当たるのを待っているのをみて、女の足をいま少し上げさせ、そんなに強く腰を打ちつけた事がないほど力を入れ犬のように尻を振り立てた。女は長く尾をひいた声をあげて上にのびあがり身をくねらせて富森から逃げようとし、肩を押さえつけるとその肩をつかんだ。女が昇りつめるのはもうすぐだと分かった。富森はその女に合わせようと女の女陰の中に入った自分の性器が女陰の壁を突き破り何もかも血だらけになる想像をしながらけいれんしつづける女に力いっぱいつかまれた形のまま、長々と熱病にかかったように射精した。

朋輩の秀明が来たのは富森が素裸のまま眠り込んでいた時だった。鍵のかからない戸を開けて「おるかい」と声を掛けただけで上ってきた秀明に驚き、女はあわてて蒲団を富森にかけた。女は着物はつけていた。秀明は富森の枕元に坐り、富森の顔をのぞき見て「気持ちよう寝とるわだ」と女に言い、女が一瞬顔を赧らめるのをみてから、「なんにも用事がないんやけどな」と言った。秀明も富森と一緒に掘立小屋でやった博奕で負けて、勝っていたなら今日、藤ノ市で行われる品評会に出て牛の買いつけに行くはずだったと言った。富森がその秀明の声に「誰なと思ったら、兄かよ」と眼をさまし起きあがろうとして素裸にいまごろ気づいたとでもいうように女に下穿きを出してくれと言った。富森は秀明の前で風呂にでも入っているように胡坐をかき、秀明が差し出した煙草を咥え、マッチの火を借りる。火を差し出した秀明の二の腕に刺青がのぞけた。女が差し出した下穿きを立ちあがってはき、「戸を開けたれよ」と女に言った。「昼日中から性交《おめこ》しとると言うて廻っとるみたいじゃ」

縁側に胡坐を組んだ秀明は外の日が眩しいと眼を細める富森とさして変らない体つきだった。

「言うてもしょうない事じゃが、あれらに裏をかかれとったんじゃと後で気づいて、どつきあげてでもやったら気が済んだのにと思て」

富森が言うと秀明は、「どうせ、どこぞで元取るわよ」と女の出した茶を飲む。秀明はそれから小声になり、「兄よ、藤ノ市にまで行かんと高森へ行くかい?」と訊いた。

「高森に後家がおってちょっと知っとるんじゃが、そこで口きいてもろたら金、後でも物を先に持って来れるようになるかも分からん」

「虫のええ話じゃだ」

「まあ行てみよらい」秀明は言った。

富森は女に装束を出させた。眼の奥がちくちく痛んだ。秀明が何を思いついたのか路地を石垣の方に廻り高森へ行くバス乗り場とは反対の方向へ歩いていくのを訊ねると、装束を着る為だと言った。秀明の家の前まで来て、後を振り返ると山仕事の装束を着た若い衆が三人、歩いてくる。「どうした?」と富森が訊くと、「嘘みたいやけど、山の中、手がつけられんほど雨が降っとる」と正夫が言う。

「阿呆らして開いた口が塞がらん。朝早うから起きて、バス賃使て集合場所まで行て、山へ入ったらとたんに大雨になって、仕事が今日は中止やと言う。監督にそれならせっかくここまで来たんやから日当半分でもつけてくれるか、別の山へ入らせてくれと言うと、別の山へ行ても天気かどうか分からんし、それに順番に枝払いや山の下刈りをやっとると言いくさる」

「日当つけてもろたかよ」

「三分の一。飯食たらとんだわ」

博文が言い、その物の言い方がおかしく富森はつられて笑った。富森は高森も雨が降っているかもしれないと思い、路地の小高い山の頂上をのぞいてみた。風が吹いていないらしく頂上にある木の梢は揺れなかった。その梢のすぐ下辺りから富森の家まで竹藪が続いていると思って、富森はもし高森へ行ってどうしようもなかったら、桑原をおどしてもよいと思った。桑原には貸しがあった。富森が闇市で商売をしていた頃、桑原が抜け目なく進駐軍の横流しをして何度も土地のヤクザに狙われた度に、富森が話をつけてやった。茨の富と言えばその頃、闇市に出入りする者やグレ者でおびえぬ者がなかったほどだった。秀明が装束をつけて出て来て、地下足袋が新しく足になじまないらしく二度土を蹴ってみて、「兄、行こかい」と声をかける。秀明はにやにや笑いながら、「ええ女やど。兄ら見たらふるいつきたなってくるぐらいじゃわ」

「秀のをもろてもしょうないわだ」富森は言い、口に女の陰毛が入っていたのを知り唾を吐く。指を鼻先に当ててにおいをかいでみてから、富森は先に立ってバスの方へ歩き出した。

秀明の後を従いて富森は小川に沿った道を歩いた。風が川の向うの小高い山の方から吹いて来て穂が出はじめたばかりの稲の一群を傾がせて、家が十軒ばかり建っている高森の方に走っていった。秀明は川に板を三枚架けただけの橋を渡り、すぐ小山にむかってなだらかな坂になった道に入り、「あの家がそうじゃよ」と振り返って指さした。富森は秀明のあごの張った顔に細かい髭が生え、それが日に当たり金色に光っているのを見て、子供の頃から何度もそれとそっくり同じ事があったのに気づいた。

「どんな女ない？」

富森が訊くと、稲の穂を一本抜き取りそれをパラパラとむしりながら、「どんな女言うても、兄もええ女と言うのは難し」

「気をもたすんじゃね」

富森はわらい、それから小山の上の方から吹いてきた風に牛舎のものらしい牛の糞尿の臭いが混っているのを知った。富森は妙に浮いて来て、秀明に従いて歩いているだけで納まらない気がして稲の葉の上にとまっていたバッタを素早く手で摑んだ。富森はそれを空に向って放り投げ、羽根を広げたバッタも空も光っているのを見た。坂道をのぼり切ったところに牛舎があり、秀明は、「おじ、おじ」と呼んだ。返事がしないのを知って秀明は牛舎の裏へ廻る。富森は牛舎の柵に追綱でくくりつけられて顔をつきだした黒牛の鼻筋を撫ぜ、その牛の鼻息から牛が発情しているのを知った。一頭、そんな牛を飼っていたなら人に自慢出来ると思う程の牛顔で毛艶もよかった。二十頭ばかりいる牛にそれ以上のものはなかったが、ただ粒がそろっていた。

「おらんわよ」

と秀明が眼をしばたたかせながら牛舎の反対側から出て来た。糞を踏んだらしく秀明は地下足袋の足裏を草に何度もこすりつけた。その牛舎の裏側から山の斜面にかけてが牛の遊び場らしく糞とも泥ともつかないものが一面をおおっていた。臭いはそこから風に乗りやって来た。秀明は「わざわざ来たのに」と言い、掌で眼をぬぐった。

「一頭黙ってもろて行こかい」

富森が牛の鼻筋を叩くと、秀明が、「待てよ」と言い、いったん外に引き出してみようと追綱をほどきかかった富森に「あそこにおるんじゃ」とまた家の方を指差す。

家の前に茂った黄色い丈高い草花の横に立った男は、秀明の顔をみて、「また来たんかいよ」と言い、秀明が物を言うより先に「あかん、あかん、お前よりもちゃんとまともな馬喰が何人もここへ来て、そのうち商いをする約束しとるんじゃから」と手を払った。

「糞ジジイが」

秀明ではなく富森が言った。男は秀明の後に立った富森の顔を一瞬見て、気の荒い性格が顔に出た富森に気圧されたように、「あかんもんはあかんのじゃ」と独りごちるように言った。

「まともに馬喰をしようともせんと、博奕ばっかりしとる者らにいくら商いや言うても手塩にかけたもんを渡せるかい」男は言い、帰ってくれと犬を払うように腕を振る。

「ただでくれと言うとるんでないんじゃ」秀明が言うと、男は、腹立ってかなわぬように
「それなら、あれを返してくれ。人のようよう育てた物と死にかけの餌をろくによう食べんもんを無理に換えていて」

「殺したたんじゃろ？」

「餌もよう食わん物を持って来たんじゃがい。馬喰の田口も来て、あれらそんな事ばっかしやって廻っとるんじゃと言ってたが、おまえら、盗人じゃ」

男がそう言い終らないうちに殴りつけ蹴り倒したのは富森だった。富森は秀明を呼んで、来た道を駆けて逃げた。殴るのも蹴るのも一瞬に起こり、一瞬のうちに走って逃げるのは富森が闇市で身につけた喧嘩の方法だった。人はそんな富森を火が点くと止められない荒くれで、人の事など屁とも思わない男だと噂したのだった。

その高森からもどった次の日、また雨が降った。朝から富森の家に若い衆らは集まり、むしむしするので、下穿きひとつになった富森が横になって寝転んでいる鼻先で、腕相撲をやり、それに飽きると所在なげに雨の滴が垂れる庇の下に立ち、材木商の丸一が幾ら安い、山川が幾らくれると話している。その博文の話は、富森にも昔行った事のある山仕事を思い起こさせた。博文は服を脱いで背中を見せ、ズボンをめくって左脚のふくらはぎを見せた。最初血を吸われているとは知らなかった、と博文が言うと、

「おれが引っぱっても吸いついてゴムのように伸びるんじゃ」

と実市が言った。

血を腹いっぱい吸って五倍ほどにふくらんでから山蛭は自分からぽろりと転げ落ちる。博文の背中と左脚のふくらはぎに山蛭が吸いつき嚙み切った穴があき、血が流れ出して止まらなかった。実市はその博文を連れて山の作業小屋まで行こうとして、ふっと日が撥ねた杉木立の方を見ると、博文から流れ出す血の臭いが風に乗って運ばれるのか、雨が落ちるような音を立て山蛭が幾つも落ちていた。「身震いした」と実市は言う。流しの方から女が芋のふかしたのをざるに入れて持ってきて、縁側に置き、「ザー、ザーと雨みたいに蛭が落ちて来たとあんたら言うさか、竹藪に蛭が降っとると思って鳥肌、立ってきた」と女は言う。女は富森の枕元に坐り、「食べてよ」と若い衆に勧めて一つ取り、富森に食べるかと訊いた。富森が首を振ると女は爪で皮をむき、もそもそと口を動かして食べる。富森の寝転んでいるそこから隣の八兵衛の家、そのむこうに共同井戸が雨を受けているのが見える。その井戸に水を汲みに来たのは、芳男の女房らしかった。芋の尻尾を放り投げて口で受けようとして鼻に当たった実市を、若い衆も富森も女も笑った時、その芳男の女房は笑い声のする富森の家に顔をあげたのが分かった。富森は先刻承知の事だとその女房が何を思っていようと気にしなかった。博文が芋の尻尾を放り投げて、これは見事に口にくわえたので誰も笑いもしなかった。

昼近くになり、雨の中を秀明が小走りに駆けて来た。ちょうど若い衆ら三人が女に博奕を教えてやるという口実で、花札を打っていたところだった。秀明は弟の正夫の頭をこづき、「いまごろから博奕覚えて」と言った。「うるさいことぬかすな」と正夫がどなり返し、「なにい、兄貴にむかってうるさいじゃと」と秀明は怒りはじめて、気まずくなった若い衆らを救うように、「うちが博奕覚えよと思て教えてもろてたんよ」と女は言った。女は花札を畳の上に並べて何を出せばいいのかいちいち訊ねていたのだった。

「博奕ら覚えんほうがええわ」

秀明が言うと富森が、

「博奕の親方が」

と合の手を入れる。

秀明はことさら声をあげて、花札をたたきつけている若い衆らを見ながら「あれらそのうちやったるわい」とイカサマをやった者らの事を言い、富森に小声で焼けた郵便局の裏に山ほど重なっとる銅線を雨のうちに夜運び出さんかい、と訊いた。富森は秀明がまず闇市で羽振りを利かせていた若い衆の頃と変わっていないと思い、「兄の話に乗ったらえらい眼に合う」と断わった。秀明は苦笑いして、「ありゃ向こうが思い違いしとるんじゃよ」と言い、それからまた小声になり、「何ど算段あるんかい?」

富森はうなずき、「兄にまた昔みたいに手伝てもらわんならん」と言い、それから急に思い立ったと女に服を出させて着て、若い衆らに、「ちょっと秀兄と外へ行ってくるさか、兄ら、これに博奕でも教えて待っといたってくれよ」と言った。女は不安げな顔をした。富森は女に「博奕知ったら今度一緒に連れたるど」と言い、女が何を世迷い事を言うと顔をにらみつけるようにみ、それから笑をつくった。

富森は秀明がさっきそうして入って来たように身をすくめて雨の中に走り出、秀明が自分の後を追ってくるのを確かめてから角を曲がり、繁華街の方へ駆け入った。

桑原を殴りつけたのは秀明だった。桑原はあおむけに引っ繰り返りあわてて体を起こした。座卓に左手をかけて身を乗り出した富森もいつでも殴れる体勢にあるのを知り、理由を言わずお金を貸して欲しいと言う富森の申し出を突っぱねていた時とは打って変わり、体から急に力が抜けたようになって眼を落として、「なんでお前らに金を貸さんならん」と言って、自分の言葉に一人腹立ったように、「お前らに金貸すんやったら、ドブに棄てた方がましやと思うわい」と言う。ダニみたいな者、犬畜生みたいな奴ら、とつぶやく。秀明がうなだれた桑原の髪をつかみ顔をあげると眼に涙が溜っている。秀明は顔をあげた桑原を揺さぶり、ふと思い出したように、「われ、俺らの恩を忘れたんか」とどなる。「何遍も俺らにヤクザに狙われとると頼んで、いま頃になって、その恩を忘れたと言うのか」「桑原よ、俺はお前に金くれとゆすっとるんじゃないど」富森は言う。「お前から言うたら、ハシタ金じゃ、その金を貸してくれと言うとる」

桑原は富森の顔をみ、かすかに笑った。この盗っ人犬、そう桑原はつぶやく。富森はその声を聴き取ったが、桑原が以前と比べてまるっきり人が変わったように強情になっているのを知り腹立つ気持ちをはぐらかされた気がした。闇市があったこの間まで茨の富と渾名された富森は誰でもよけて通るほどの荒くれで、何をしでかすか分からないと人が恐れたのだった。桑原は、金を貸せないと言った。富森はその桑原を殴りつける気もなくなり、秀明に言って、桑原の髪を摑んでいた手を離させた。桑原に帰ってよい、と言った。桑原は黙ったまま立ちあがった。部屋を出て行きざま、体がそりくり返っていかにも闇市から始めた成り上りの商売人の風体だという桑原は「口を裂かれても、お前には金貸さんと言うのを、一番自分が知ってるんではないかい」と残して出て行った。富森は自分が強い言葉で言った分だけ後味の悪さが残り、その尾羽打ち枯らした自分を見るのがうっとうしく秀明を連れて、ここだけは闇市の時代から顔を出すだけで何の利害もないと言う駅前の一寸亭に酒を飲み直す為に出かけた。昼日中、雨音を耳にしながら開け放した一間だけの店の中で丸椅子に腰掛けて酒を飲んでいると、富森は自分が何物かと折り合いが悪いせいで、神仏にも見放されたように何をやってもついていない結果になると思い、俺は、茨の富じゃ、と小声で、自分が名乗り人もそう呼んだ名をつぶやいてみた。ふと富森は自分の弱気がおかしくなり、苦り切った顔の表情のまま酒を飲んでいる秀明に、「秀兄よ」と話し掛けた。「茨の富もヤキが廻ったんかいの?」富森はそう言い、顔をあげて昏い眼をして秀明に「俺はやっぱし悪い男じゃね」と言った。富森も実際その考えはどこから出て来るのか分からなかったが、闇市の時代そうしたように女を遊廓に出そうと思ったのだった。桑原から金を巻き上げる事に失敗したから、もともと桑原のものだった女を遊廓に売ろうと思うのか、売ってもいい女だと思うからさっきまで若い衆に混って博奕を習う事を女の面白い変り様だと思っていたのか何一つ定かでない。「今日でもあの錦楼の番頭に会うて、明日の日でも連れて行くさかと言うといてくれんかい」富森は店の外に降る雨脚をいっとき見て、なあ、と秀明を見ると、あごの張った顔から富森とそっくりの表情が現われている。富森はその秀明ににんまり笑った。

一寸亭を出て富森は秀明と別れて山の脇にある家に、雨の中を駆けてもどった。日暮れ時には二時間ばかり間があったが雨で空が暗く、山の脇にある富森の家は電燈を点けていた。女は富森の顔を見て物を言いたげにしたが富森は取り合わず、むし暑いので服を脱ぎ下穿きひとつになった。

富森は女に酒を出させて飲み、女が黙ったままの富森に一心に気を遣っているのを知り、一杯いけと女に酒を勧め、「博奕はうまなったかい?」と訊いた。女はやっと笑を浮かべ、「まだあかん」と首を振った。その女の返事に富森は妙に昂ぶり、富森は女の顔を見つめたまま術にかけるように、「今日は雨じゃからじっくり楽しませたるからな」と言うと、女は眼を伏せ顔を赧らめた。その女に命じて雨戸を閉じさせながら、富森はふと何度もこんな気持ちのままで女が閉める雨戸の音を聴いたと思った。完全に閉め切るとむし暑いので、女は、裏の木戸を開けた。富森は酒を飲み、女に昔、茨の富と呼ばれていた時の事を話した。それまでそんな話をした事はなかった。刑務所に入った時の事は夢のような話だった。富森一人、博奕場に踏み込んで来た警官に追われ包囲されて取りおさえられた。警察に着くなり、おまえが女を殺し火をつけた犯人だろうと白状をせまられ、ちょうど竹棒で頭を殴られていた最中に、犯人が逮捕されたが、そのまま今度は博奕の方で刑務所に放り込まれた。女は富森の話をうんうんとうなずきながら聴き、空になった富森の湯呑みに酒を注いだ。

酔いが廻ってから蒲団に入った。あおむけに寝た富森の眼に入るように女は立って着物を脱ぎ素裸になった。裏の開けた木戸からまた雨が竹藪に当たって、水の瀬音のように鳴っていた。その雨滴を含んだ風が、水が盛り上がり岩に当たっているように竹藪の音を作り響いてくる。女があおむけに寝た富森の下穿きを取った。勃起した性器が下穿きから飛び出したのがおかしいと女は笑い、富森の差し出した腕を枕にし顔を胸に寄せ、富森が体を引き寄せて背筋から尻にかけて撫ぜると、「今日は音、強いね」と今はじめて雨音に気づいたように言った。

「船に乗っとるみたいやね」

女は言い、それから不意に富森の手が乳房に触れると黙り、勃起した性器に手をのばして富森の硬い陰毛が生えたつけ根の辺りを握り、ふと思いついたように、

「なあ、雨みたいに落ちて来る山蛭に、うちなんかが血を吸われたらどうなるやろか」

富森は黙っていた。女の乳房に唇を当て乳首を強く吸い、女の腹をなめる。脇腹に唇を当て舌を当てると女は声を上げる。富森は女の脚を大きく開けて膝を立てさせ、陰毛と女陰に顔をうずめ、唇で吸い、女が所在なく身をゆすっているのを見て女が脚を抱えやすいように横むきになってみた。女は富森の性器を口に含み、陰嚢をなめた。富森の舌が指を使って両側に押し開いた女陰の充血して赤い小さな入口にいまひとつの性器のように当たり、錐のように先を尖らせ核をこすると、女は口に含んでいた性器を離して、声を立てる。富森にも女にもそれは楽しい遊びだった。富森はふと、女とする以外、滅多にそういう遊びをした事がなかったと気づいた。女が誰に教わったのか分からなかったが、昇りつめ易い感覚のいい女には向いた遊びだった。その夜も富森が上になり、最初から富森は時間をかけて何度も性交するつもりだったので、女の動きを気にせずに果てる時のように腰を速く動かした。女はあっけなく昇りつめ、腰を動かし続けている富森の首に両手を巻きつけ、富森の唇に唇を重ねようとした。富森がいい加減くたびれて来てから、奥深く入った性器に突き動かされて女の女陰に血の流れがもどったように女はさきほどとは比べる事が出来ぬほど腹の底から声を出して、震え始め、富森にしがみついた。女は、欲しがった。女陰が富森の性器ならず富森自身も呑み込む事が出来るというように、女は腰を動かした。女の呻き声を聴きながら、女の女陰の奥で精を放った。

竹藪が荒れた海のように鳴った。

富森がまだ固いままの性器を女陰からはずし下になると女は富森の上にまたがった。女の股からその精液が流れ落ちてきて、陰嚢に伝い流れた。富森はどうにもその精液でぬめった陰嚢が気色悪く、女に持ってきてもらった水で濡らした手ぬぐいで拭った。寝かせた女の脚を広げさせて富森は色の白い女の焼けたような女陰を点検した。女郎に出てこれからどんな種類の性器がその女陰の中に入るのだろうと思い、富森は顔をあげ、

「何人の男と寝たんじゃ」

女は不意に訊ねられ、のろのろと体を起こして富森をみる。訊ね直すと答えかねないほど女は真顔になった。富森は女が泣き出すのではないかと思い、一瞬、女を明日、浮島にある遊廓に連れていく算段をしていたと気づき、「ええんじゃ、ええんじゃ」と女を抱き寄せた。博奕をする金も馬喰をする元手も女のこの女陰が稼いでくれると思い、富森は体中がむずむずした。

富森は女を抱えたまま汗とも湿気ともつかないもので平べったくなった蒲団に寝て、女の乳房を揉みしだいた。女が声を立てはじめる。女の中からもう一人の淫蕩な女が現われてくるのを待つように、富森は乳首を吸い、耳に唇を這わし、「またほばりたいんじゃろ」と息の多い声でささやきながら、雨が風に乗って石礫のように家に当たっているのを耳にした。

富森の家に女がいなくなったと路地の者が知ったのは、女が遊廓へ行ってからしばらく経ってからの事だったし、女が浮島の錦楼で女郎をしていると路地の若い衆らが噂をしはじめたのは錦楼から女が姿を消してからの事だった。それからの行方を耳にした者はいなかった。ただ富森だけは、相変わらずどこに金づるを持っているのか、博奕場に姿をみせていたのだった。女がいた時もいなくなってからも、山の脇にある富森の家が雨であぶれた若い衆の溜り場である事に変わりなかった。朝早くから力にまかせて石を投げ合い、三十貫はある石を持ちあげる事が出来るか力比べに興じたりする若い衆らに路地の者らは、眉をひそめたが、その声の中に女の声が混っていない事を、ことさら気づく者はいなかった。博奕に勝って気前のよい富森は、実市に命じて山が雨であぶれた若い衆らの飲む酒と肴を買いに行かせたのだった。朝から酒盛りだった。

富森は、峠の向うの尾鷲に馬喰をしに行ったついでに上った遊廓で出会った潮吹き女の話をし、正夫が、浜で女と性交して、どこもかしこも砂だらけになった話をした。実市は夜這いをしてみたと話しだしたが、何を思いついたのか顔を赧らめながら話はいつのまにか駅裏の女との交接の話になった。酒で顔が赧らみもせず平然としているのは博文だった。博文は駅前の魚市場に働く娘に惚れられていつでも性交をやろうと思えば出来ると言い、「ええわだ、いつでも出来て」実市が言うと、「もうちょっとどうにか顔がなったらええんじゃが」と博文はそれぞれ微に入り細をうがった話で興奮したのか股間をまさぐり、「やりたなって来たよ」と言った。「実市、尻べべでもええさかやらしてくれんこ」「しりくそ」と実市は博文のからかいに間髪いれず切り返して、一斉に、若い衆らは笑った。

富森は明日、尾鷲の遊廓に行ってみようと思い、「兄ら、明日も休みかい？」と訊いた。実市が、山の方も海そばも天気が定まらず、ぐずついているので、明日の朝早くに起きて風の様子をみてみないと分からないと言った。雨が止み、日が当たりはじめ、急に熱気が出て来たように暑くなり、上半身脱いだ博文を見て、こんな時が一番山蛭が出やすいと思い出し、富森は女と一緒に聴いた竹藪に雨が当たって立つ雨の瀬音を、幻聴のように思った。

（「文學界」昭和五十三年十一月）

かげろう

その女に会ってから、広文はほとんど朋輩の路地の若衆らとも顔を合わさなかった。それまで雨の日、山仕事や土方仕事の多い路地の若衆らはきまって何の用もないのに路地の三叉路の角にある集会場に寄って、畳敷きの部屋で、まだ三カ月も先の祭りの日におこなわれる御舟《みふね》漕ぎの段取りを話したり、半年も後の正月の事を話して酒を飲むのが常だった。路地で生れて路地で育って、いまそこに住む若衆らも広文同様、決まって都会で職に就きもどって来た者ばかりだから、路地に残った四季折り折りの行事に思い入れが強くなるのだろうが、その祭りの日が近づいて、一カ月も毎夜、遊びたい時間を割いて晴れた日の度に川に出て、舟を浮かべて、手を血豆だらけにして御舟漕ぎの練習したのが、いざ祭りの日の本番で四着になった。くじ運が悪かったせいもあったが、祭りの日の前々日の雨で水嵩の増した川に流され、路地の青年団が出来て以来のライバルである王子《おうじ》地区の青年団にも、一着が無理だったら王子地区だけには負けたくないというその王子地区の若衆らにも、水をあけられた。その日はまさにヤケ酒だった。市会議員や土建請負業者が差し入れした五升ほどの酒をたいらげた。青年団長が立ちあがって、これからも火事などがあった時は率先して団結して救助活動しよう、八月の盆踊りも青年団がなければ成り立たないと気合いを入れるように言ったのだった。去年の正月元日、青年団に持ち込まれたこもをかぶった三斗樽を、消防団のハッピを着た青年団の若衆らが朝早くから初詣に行く通りがかりの者に振る舞ったし、二月の御燈《おとう》祭の時、青年団が総出で白装束に松明を持って登り、喧嘩して怪我をする事も、またさせられる事もなく終ったと言ったが、御舟の大敗では妙に気が抜けた。

その女は、広文らの漕ぐ御舟を、川原から見ていたと言った。海と山にはさまれた狭い町の七地区の青年団の漕ぐ御舟の一等外側に割りふられた路地の舟は、川原の上にある神社から出て市内をひと廻りして来た御輿が川原に着き、緋色の袴をはき白粉を塗った巫女らの鈴を鳴らしての踊りや神官らの儀式の後に切られたスタート直後、六艘の舟がひしめくところを大きくうかいするはずが、流れに巻き込まれて下流の方に流された。それが体勢を立て直してから、千穂《ちほ》を抜き、阿須賀《あすか》を抜き、蓬莱《ほうらい》を抜いた。「みんな拍手したんよ」女は言った。

女は広文の腕を枕にして裸の体をこすりつけるようにむきを変え、血豆が破れ固くなった手のひらを指でなぞった。女は広文の顔を見て、「一着は熊野《くまの》やったんやねえ」と言い、熊野と言うのはどのあたりだと訊いた。広文は女の顔を見ながら、その血豆の出来た手をはずして女の太腿にすべり込ませた。祭りから一カ月も経っているのに血豆の痕は固まったまま消えず、女の柔かい粘るような肌にざらつく。女はくすぐったいとその手を押さえ、それからゆっくりと体を起こして広文が枕元に脱ぎ棄てていたジャンパアを素裸の上にはおり、奥の流しに歩く。水道の水音に混じって聴き取れぬくらいの声で、流しの板間に立つと急に冷え込むと言い、湯呑に水を受けて飲んだ。

女の裸は冷えていた。広文は手にあまる女の乳房をゆっくり揉みしだき、女の肌に熱がもどってくるのを待つように、路地の若衆らと組をくんで山仕事にも行き飯場にも行った話をした。山仕事は日帰りが出来るところに限ったが、同じ頭寸の若衆ら三人で行った飯場は、川奥や吉野、尾鷲まで足をのばした。ダム工事の土方仕事を山中で一カ月やり、給料をもらうと、気ごころの知れた若衆らと体にたまったものを吐き出すだけのために、バスのあるところまで歩き、町に出る。吉野の山の中で飯場をつくった時、二人の姉妹だと称する女が一見してヤクザとわかる男と共にやって来て、飯場のそばに小屋を掛け、金は後からでもいいと客を取りはじめた。「小屋やさか、やっとるのが見えるんじゃ。俊男が、むしろから顔出して、はよ終ってくれと言う」

女はわらい、身をすりよせる。広文はその時に飯場へ行った者で、路地にもどっているのは自分一人だと気づいた。

その女の方から身を乗りだして唇を合わせ、舌を広文の口に寄こしこすった。両手で広文の顔を生首でも扱うように抱え込んでいる女に舌を吸われながら、女の体を自分の上に持ちあげた。女は軽すぎるように思えた。女の腹の下に広文の固くなった性器が腹そのものを突き刺す凶器のように圧され甘い痛みを持っていた。その性器を自由にしてやろうとするだけのように広文は女の両の腰に手を掛け、持ちあげて腰を浮かせ、濡れた女陰《ほと》が開ききるように両方の太腿を広げさせた。性器の先が女陰に入ったのを機に、腰を上げると、潤っているがまだ縮んだままの中のひだのひとつひとつをのばすように、性器がずぶずぶとのめり込む。女の口や舌とその女陰は、それまで別々な物だったのが、広文の性器が奥深く入ってやっとひとつになったと気づいたように、女は舌を誘い込み広文の唾液を好んで吸っていた事を忘れたように、ああ、と声にならない息を吐く。

女は広文の上にしゃがみ込んだ格好で、身を起こした。蒲団が、ずり落ちた。女は腰を浮かしぎみだった。広文が乳房をわしづかみにして血豆の固まった手のひらに女の黒い乳首が当たるように揉みしだいているのに眼を閉じ、浮かした腰をゆっくり沈める。それは女陰の中にある性器を確かめるようだった。女陰いっぱいに入り込んだ性器を扱いかねているようだった。広文がその女を嬲るように沈みかかる頃あいをみはからって腰を強く打ちつけると、女は口をあけ、声をあげ、腰を浮かした。

その白い肌ときゃしゃな体つきの女が、そのうち、広文の性器にもっと奥深く突き当たって欲しいというように動きはじめるのが広文には不思議だった。女はいつも気が行く寸前に広文に犯されるような形になりたがった。広文の下になり、足をあげて広文の尻をその足で抱え込むか、両足を思いきり広げて上げ、ほとんどくの字に体を折りまげられてその窮屈な姿勢のまま、女陰の壁を突き破るくらいの勢いで力いっぱい強く突き刺されるのを待った。広文が、その人に自慢してもいいほどの固い性器を女の内臓をも圧し出すような勢いで、女のぬくい、湿りをおびた女陰にむかって腰をつき出すと、女は声をあげて身をのり出す。女はおこりがおこったように広文の腕をつかんで震え、「もっと――」と耳に聴きとれる声を出して不意に声を呑み込むように歯をくいしばり、力萎える。

女陰に固いままの広文の性器を入れて、広文が腰を動かす度にじょじょに血がいきわたるように女は眼ざめはじめ、長い事たって、やっと体と女陰が一緒になったと、女は広文の唇に唇をつける。

女は乾きに耐えかねていたように、広文の唾液を飲んだ。その女は口いっぱいにほおばった舌が広文のもう一本持っていた性器だと言うように舌をからめ力をこめて吸い、性器が奥深く入る度に声をつまらせる。その声にあおられたように、広文は、乳房を揉み、犬さえそんなふうな仕種をしないほど自分の体の中にあるわいせつな心そのものの固い塊になって、声をつまらせ、身をよじり快楽に体が熱を帯び赤く光っているような女の体の中に入っていこうとして、腰を動かす。広文は、女の声の中、女の女陰の中に入り込みたい気でいっぱいになり、女が身を固くしはじめるのにさらに促されたように動きをはやめ、登りつめた頂上で、血が吹きこぼれるように思いながら、息をこらえて、射精する。

女と知りあってから、何度もそうやって血のように精を蒔く気がしながら射精したのだった。広文よりも三歳ほど齢上で早い時期から嫁ぎ子供もいたという女のどこに、自分を煽るものがあるのか、不思議だった。その女は最初、広文がその路地のはずれにある自分の家に連れて来た時、町で出会った女らを相手にした事とさして変らない姿勢を取ると、事が終っても広文の顔を見られないほど、真底、羞しがった。その羞しがりように煽られ、離婚してはじめて深夜、実家に帰るはめになったと帰り仕度を整えている女を、自分も夜道を送っていくと服をつけズボンをはいているのに、「ちょっと来てみい」と女を呼び、膝に乗せ、それから女の耳に後から、「これからちゃんと方々で仕込んできたの、教えたるさかに」と言った。「交接《おめこ》するの、嫌いでないがい」。そう言って、スカートの下から手を差し入れ、女の薄いパンティーを取った。それから女に広文はジッパアをおろさせ、下穿きから性器を取り出して女に握らせた。「これも、ええ女陰しとると言うとる」と広文が言うと、女は、耳から顔を赭くさせながら身をよじり広文にむきあおうとする。広文はまだ女を羞しめてやろうと思っていた。女が昂ぶってその昂ぶりをおさえきれぬように唇を吸いたいという気を圧さえつけるように、後をむかせたまま、黒ずんだところに何度もすでに射精したせいか血が廻って紫色に変色した性器で、後から大きく股を広げさせて持ちあげた女の、尻の穴から女陰にかけてなぶり、女の体に入った広文の精液が流れ出して来るのをせきとめるように、刺しつらぬいたのだった。

思いきり女にわいせつな事を教え、やってやりたかった。後から廻した手は一方で服の上から乳房を、一方は女の黒く剛い陰毛をかきわけ、核に当てた。そのこりこりとした核に広文のふくれ上った性器の管が当たり、指を触れているだけで動かさずとも、性器で女陰が突きあげられる度に震動が伝わり、女が快楽に耐えきれずに声を出すのがわかった。

女は、起きあがった。寒気で女が鳥肌立っているのがわかった。また、女は枕元に脱ぎ棄ててあった広文のジャンパアを着こみ、今度はジッパアを閉じ、下にスカートだけをつけて、流しに行って最前と同じように水を飲み、それからゆっくりと広文の顔をみながら歩いて来る。広文の枕元に一時横坐りになり、それから、窓を見る。外には、雨が降っていた。祭りがすぎてから降りはじめ、晴れ上った日は一日もない。

女の顔が外からの日に影になり随分黒ずんで見えた。その女の物に呆けたような表情を、広文は、今はじめて眼にすると思い不思議な気で眺めた。女は横坐りになった体を起こしてから広文に顔をむけ、ひじをついて寝そべった広文をみつめ、それから顔の中心部に血が集まるようにゆっくりと笑をつくり、

「なんやしらん、痛いの」

「どこがじゃ?」

女は明るい笑をつくった。それから広文に見せるように身をよじって、「やせたみたいやわ」と言う。「この一カ月でだいぶやせてしもたような気がするんよ。いっつもやったら銭湯へ行く度に計るけど。やせたみたいやからと計ったりするの、羞かしし」

女は立ちあがった。窓を開けた。外に降っている雨音が、広文の耳には窓から顔をつきだし外をのぞき込んでいる女の柔かい太腿の間からわき立っているように聴えた。広文の住むその家が丁度小高い山の頂上にある為に、山と海のはざまに出来たその町の大半は見える。「急に寒なったんやね」女は言った。

「雨でぽろぽろ花が萎れて落ちてしもて」女は言い、広文を振り返って後手に窓硝子を閉め、「なんやしらん落ちてしもた花はきたない気する」と、また流しに歩いて水を飲んだ。「斬って飾ろと思てたんよ」

「どこのじゃ?」

広文が訊ねると、「その下の」とあごで差す。

「どやされる」と広文は路地の事を知らない女をわらった。路地に住む老婆らは誰の発案なのか、木で幾つも鉢をつくりそこに四季の花を咲かせていた。広文の笑を見て女は怪訝な顔をした。

女が広文の脇に来て坐り直した。広文はその女の膝にそうするのがごくあたりまえの事であるように手をのばした。また女の顔が、外からの白い光の影になり黒ずんでみえるのに気づきながら、「鵜殿《うどの》も雨ふっとったかい？」と訊く。

女はさあ、とゆっくり首を振る。

女の実家がある鵜殿は、祭りの日に御舟を漕いだ川の対岸だった。女の実家が鵜殿だと知った時、そう言えば、御舟の時、競走する舟とは別に、神主や国宝だという人形《ひとかた》を乗せた舟を先導するもう一隻の舟にきまって鵜殿の男らが白粉に紅をひき緋色の服を着て乗ると言うと、「特別なんと違う」と言い、その鵜殿に、弘法大師の伝説がある、と女は言った。「他の土地にある大師さんの伝説やったらええ話やが、鵜殿は、昔から変らんと人が悪いらして」、ボロ布をまとい乞食同然の旅の者が、鵜殿のとある家の門口に立ち、喉が乾いたと一ぱいの水を乞うたが、その家の人間から、おまえのような者に水を施すいわれはないと追い返された。その立って歩く事すら出来ぬようなやせ衰えた襤褸の者は木切で地面に何事か絵のようなものを書きつけていた。その襤褸の者が姿を見えなくなってから異変が起こりはじめたのだった。さきほどまでこんこんとわき出していた口に甘い水はすでに干乾び、以後、井戸を幾ら掘っても出てくるのは塩水ばかりだった。

「また」と言って、女は、スカートの中に入れた広文の手を押さえにかかり、広文がさっきまで自分の性器がはいっていた女の体の温もりをさぐるように強引に両膝の間に割り込ませると、女は観念したようにかすかに腰を浮かし、太腿を広げる。色が白く、脂っ気のある肌が、手だけでわかる気がした。

雨ばかり降り続いていた。

女が実家にもどりたくないと言って泊り込んだ三日間、乳繰りあっていて外に出なかったので、広文は家の中に女の女陰のにおいがしているように思えた。昼過ぎ、青年団の若衆が、集会場で毎年暮れになるとやる子供らへもよおし物をする寄付を集めに来た時、

「においするような気がしてね」

と言うと、若衆の吉伸は、「兄ら、一人で住んどるさか、ええね」と言う。女が、広文のシャツを着て流しで洗い物をやっているのを吉伸は眼にして、やっと自分が何を言いに来たのか気づいたと言うように、

「兄らの頭寸おらなんだら、会長と後、おれら二十二、三の若い衆ばっかり。会長はそうやんで、うまい具合に意見まとめる事ができんと、ゴチャゴチャしとる」

「酒はまだ飲んどるんじゃろ?」

「月一回」

吉伸は言う。

「酒飲むために集まるより御舟の練習で集まる方が面白いけど、メチャクチャに負けたんやさか」広文は言い、それから声を落として耳を寄せた吉伸に小声で「御舟も面白かったけど、交接する方がもっと面白い」

吉伸は広文の顔を見て苦笑した。

吉伸が帰ってから、広文は女を連れ出して雨の中を会長の家に行ってみた。声を掛けたが誰も返事をする者がなく、それで、足をのばして駅裏の新地へ行った。女は広文のさしかける傘の中で身をすくめて歩き、新地の角に出来たスーパーマーケットで買物をすると言って、入口に置いてある買物籠を持って中に入り、そのまま何も買わずに出て来た。その女の顔が部屋で見た時よりももっと黒ずんでいるのを広文は知り、

「痛いのか?」と訊く。

女は首を振り、それから思いついたように顔に笑をつくり、「あんなあ、教えたろか」と腕を広文の腕にからめ、それから「女て強いんよ」と言う。

新地でスナックをはしごして、酒を飲んで酔った広文を抱きかかえるようにして小山の上にある家にもどった時は、十二時を廻っていた。

酔った広文の服を脱がせ、敷きっぱなしの蒲団に寝かせ女は素裸になり広文の体にいままでした事がなかったように肌をすり寄せ、胸を腕でかかえ込んだ。女は広文の唇に唇をあわせ唾液をひたすら吸い、それから喉首を伝って胸に下りた。

女は広文の小さな豆粒ほどの乳首を吸い、舌で転がし、広文がくすぐったさのあまりいつものように女を上に乗せようと持ちあげようとすると、強い力で払った。女の唾液で胸も腹もぬらぬらする。女は広文の陰毛に頬をすり寄せ、性器のつけ根を手で握りしめる。

広文はあおむけに寝たまま、女の唇が性器の周囲をなめるのがくすぐったく、固く立った性器が所在なくてはやく体の上にのれと女を促すように腰に力を入れてつき出した。女は性器の先からなめた。女の唇の音と息をつまらせたような音がきこえ、広文は、その声に煽られたように急に体中が熱くなり背骨を伝って陰囊に走り抜ける炎のようなものが、精を蒔く時のような気がした。女の尻を広文は、後から自分の胸の上にひきあげた。尻の割れ目に、女の固く締った穴と、電燈に濡れて光る女陰があった。広文は、その二つが女の唇が動く度に物を言うように動くのを見て、首を起こし、女の尻をなめた。尻の穴から女陰にかけて舌を這わすと、女は、声を上げる。

その声に促されたように広文は女の尻を押さえつけたまま身を起こし、女の後から性器を女陰に入れた。ひだのひとつひとつが潰れ伸びるのを感知する暇もなく、四つんばいになった女を深く突き刺し、女が、もっと奥に入ってほしいと尻をすり寄せるのを知って、女の体に体の重みがかかるのもかまわず、腰を動かし、自分にも皮一枚内側にあふれ、女にも皮一枚内側にあふれそうになったものを、すべてはきだそうとするように、女が前のめりになりながら動かす尻そのものが壊れてしまえと、思いきり早く強く、腰を打ちつけた。酒の酔いでのびた広文の陰囊が女陰の花弁をたたき、尻の穴に昔、子供の頃、何度も何度もそったために剛く太くなったと広文が信じている陰毛がこすりつけられている。

広文が射精し、女が果てた後、女はその精液と女陰のもので濡れた広文の性器を見たいと顔を寄せ、まだぬぐってもいないそれを口に含んだ。広文が、女をあわてて性器から引きはがそうとすると、女は首を振り、手をはらう。広文は起きあがり、女が、両足を広げて膝を立てた広文の股間にうずくまるようにして、射精して伸びてはいるが柔かくなった性器を口に含み、舌でなめ、強く吸った。女は陰嚢をも口に含んだ。その陰嚢を這う唇の感触にたまらず、女を抱きあげると、涙を流している。女は広文の髪に触った手に唇を置き、指の一本一本を唇に含む。その女の唇を唇で受け止めると、女は歯がぶつかるほど強く圧しつけて広文の舌を吸う。

女の女陰に柔かい性器を当てると、ちょうど女は木に動物が跨がったような形で、広文の腰を足で抱く形になった。女は声を上げて泣きながら、広文の唇に唇をつけた。女が何故泣くのか、広文は聴こうと思わなかった。女は広文の唇に唇をつけ、その唇の温もりに誘われるように女陰に当った広文の性器が固くなりはじめると、手をそえて入れようとする。その度に広文の性器は萎えた。雨音が、していた。

次の日、一日だけ、朝から昨夜までの雨が嘘だったように晴れた。広文が眼ざめると、女はすでに起き、茶粥をたいていた。どこで仕入れてきたのかスカートの上に花柄のついたエプロンをかけ、起きあがって素裸のまま小便をしに行くのに、「外から見られるよ」と言い、勃起したままの性器がおかしいとわらう。

女の前に立ち、性器を見せたまま、「誰が、この高いとこにある家をのぞこに」と広文はわらい、ふとその性器を女は唇に含みなめ吸ったのだ、と思い、その女と今、日が当りエプロン姿で、卓袱台の前に坐っている女の違いようを不思議に思った。女に見せるようにことさら体をそらして広文は素裸のまま流しの脇の便所に行き、便所の臭いに息をつめ、勃起している為に涙をしぼり出すような熱い小便をして、まだ固くなったままの性器に気づき、妙に自分一人取り残された気になった。

雨が降っているなら、女を呼んで、吐き出しても吐き出しても溜ってくるものを吐き出す為、女を抱くところだった。

外から子供の声がし、広文は、女が見当つけて出してくれた下穿きをつけ、シャツを着、ジャンパアをつけた。

普段なら、雨上りの今日なら、路地の裏の組に顔を出し、長雨の後だから作業を続行する事もほとんど出来ないので、昼まで倉庫の片付けや図面の引き直しに時間をつぶすところだったが、女が、自分一人を置き去りにして鵜殿の実家にもどる気がして、広文は、一日休む事にした。

女はその広文に、それなら鵜殿まで送ってくれと言い、「こうしてうちも何にも持って来んと家出するんでなしに、ちゃんと、服も化粧道具も持って来よと思うの」

「全部、その実家に置いとるのか?」

「なにもかも、市木から運び出したんよ」女は言い、それから窓の外をのぞき込み、「なあ、あそこの細い花、ひと株分けてもらえんやろか?」と声を出した。広文は、その女の声に誘われて、女の後から窓の外をのぞき込んだ。小さな白い花が丈高い茎の先に幾つも咲き、風を受けて揺れていた。老婆が一人その木鉢に幾つも植えたとりどりの花の周りに立ち、ハサミを持って枝切りをしていた。

女の体が振り返った時、ふと広文は女をいま一度嬲ってみたいと思い、女を抱えた。服の上から抱えた女は、別人のように固く締った体をしていた。広文に抱えられ、畳に圧さえつけられ、一瞬、広文の気迫に圧されたように女は声を呑む。広文がスカートをめくりあげ、下穿きをはぎ取ろうとしてはじめて、「いや」と、身をよじった。大きくめくりあげたスカートから下半身がむきだしになり、素ばやく広文は女の両膝の上に割って入り、ズボンをおろした。女は入ると、悲鳴とも快楽ともつかぬ声をあげ、広文が乱暴に腰を動かしはだけたブラウスの胸から乳房をわしづかみにする短い時間で、気が行った。

そのまだけいれんしている女の腕をそろえさせ広文はベルトでぐるぐる巻いて縛り上げた。横たわったままの女の両脚を、夏の盆踊りに使った浴衣の帯で縛った。硝子窓のみならず雨戸も締め、玄関の内鍵も落とし、広文はそれから素裸になった。女が鵜殿の実家にもどると口実をつけ、別れた男のもとにもどろうと思うなら、女にわいせつの味を教え込んでおいてやる、広文はそう思った。

広文は女の顔の前に立ち、ブラウスとだらしなくはだけたスカートをつけたままの女の見ひらいた眼、快楽の波が引いて何がはじまるのか濡れて待ち受ける女陰のような口に、いっぱいあふれるように、痛みのような熱さを堪え、放尿した。女は焼け焦げでもするように声をあげる。女の濡れて臭いを放つブラウスをひきちぎり、スカートをひきちぎった。身動きの出来ない女の体をあおむけに転がし、自分の尿の臭いのついた女の乳房を力いっぱい吸い、それでも膝を割って広文の性器を中にむかえ入れようとする女陰に、深々と入れ尻に指を入れた。

手をほどくと、女はのろのろとした仕種で、自分で濡れて固くしまった帯をほどいた。広文は、跡かたもなく昂りが消えているのを知り、電燈をつけ、ひっくり返った卓袱台の脇に素裸のまま胡坐をかいた。自分の吐く息も、女の泣き声も耳に響きすぎる。

広文は風呂をわかし、まだ泣いている女を入れた。眼をつぶらせて髪を石鹸で洗い、タオルにたっぷりと石鹸をつけて女の首から胸、腹を洗った。その女の服をついでに風呂で洗おうとしてふと思い立ち、広文は、駅前まで出掛けて女物の服を一揃買った。女物の服を買ったのが初めてだった事に気づいた。

女を鵜殿まで送ってから、広文はどこへ行くにも所在なく、それで朋輩だった充芳の家へ足をむけた。充芳の家には顔を二、三度見た覚えのある若衆らがいた。その一見して充芳の手下のチンピラだと分かる若衆らは、「兄《にい》やん、飯場へもう行かんのかい」と、充芳の声に広文を振り返る。

「考え込んどるところじゃ」

広文は言い、若衆らの中に割って入った。

若い衆の一人が、「兄さん、こないだ御舟漕ぎに出とったやろ?」と言う。「兄さんらの舟、最初あかなんだけど、ものすごい速さで抜いたわだ」

「四着で、みんな気力が抜けたんじゃ」

広文は言った。

その広文の顔を見て、充芳が、「エライ景気悪り顔しとるわだ」と言い酒を飲むかと訊ねた。広文が「もらう」と言うと、充芳は若衆の一人にあごをしゃくって合図した。若衆は一升ビンとビールのグラス二つを持って来て前に置く。広文はその酒をグラス二つにつぎ、飲もうとして若衆らの分がないのに気づき「飲まんのかい」と髪を坊主頭に刈った若衆に訊くと、「飲まんのじゃ」と充芳が若衆に代って答えた。

広文がその言葉を飲み込み難く思っていると察したように、

「これら、あれやっとるさか」

と、充芳は片眼をつぶってみせた。

充芳一人が、その中で素面らしく酒を一息で飲み干した。「昔も今も変らんと思とったとこじゃよ。俺ら、仕事もないし、女もおらんという時、ようあそこのマサキのおじとこへ昼から集まったがい。あのおじ、その頃は元気で、馬喰やってかせぎ込んどったさか、俺らみたいなひ若いの行たら、酒も出してくれたわだ。今は、シャブじゃよ。酒などあっても見向きもせんが、シャブがあったら、こんなふうに誰も舎弟を取るとも言うとらんのに、三人も四人も集まってくる」

「まだやっとるのか」

「まだて、お前と昔、あっちこっちへ行た頃から、もう五年か六年たっとるど」

その充芳は、シャブを買わないかと持ちかけた。広文は一瞬、女の為に買おうかと思い迷ったが、いつでも声を掛ければ手に入ると止めた。広文はそのシャブのため充芳の顔が頬の辺りからこけているのに気づき、充芳がまだ地廻りの仲間に入る前に行った飯場は、吉野だったろうか、十津川だったろうかと考えた。錦を織ったように山に生えた雑木の紅葉ぶりが眼に焼きついている。吉野ならまだその頃、矢《や》ノ川《こ》峠の入口から入り北山村を通り山また山の道を通る国道一八二号線が出来ていなかったので、十津川から渡ったはずだった。山仕事やダム工事の飯場行きは、中学を卒業して大阪へ出てすぐもどって来てから、路地の母と兄夫婦が住んでいた今の家へ居るのも窮屈になり、十六、七の頃から行ったのだった。決まって路地の年上の者や朋輩と一緒だったので、山また山の中にぽつんと建てられた飯場に行っても、さしてさみしいとも思わなかった。女は金がある限りついて廻ったので、路地にもどったときよりも不自由しなかった。

次の日、午後になってから天気が崩れ出した。組にまた出ていかず昼まで家に居て待ったが、女がもどってこなかったので、広文は、下駄をつっかけたまま集会場に行ってみた。青年団の会長が広文の顔を見るなり、「おいさ、来たわだ」と言い、「吉伸」とどなった。

「誰じゃ、また飯場へ行たと言うたの」

吉伸は「違う、違う」と首を振った。「誰もそんな事は言うてない。女がおったさか、飯場からでも連れて来たんかいねと言うただけじゃ」

「飯炊き女かよ、かわいそうに」

広文が女の顔を思い出してわらうと、吉伸は、「飯場のあった方で知り合うたんかいねと言うたんじゃ」と弁解する。会長が広文の気持ちをくすぐるように、「どこで引っかけたんない？」

「御舟の時」

と、広文は言った。

吉伸が言うように意見のまとまらない会合だった。暮れが近づいてくるからもうこの辺りで、青年団は次の行事予定にある子供のための行事を考えてやらなくてはならないし、

三、四年前にやった事もある火の用心の巡回もしなくてはならない、と決めたのが、誰が何をやるかという段取りになると、暮れにかけて仕事が山積みし徹夜もあるかもしれないと一人が言い出す。一人は、さっき決まった事を引っくり返すように、青年団は、いざという時の消防と祭りと盆踊りが活動の目的だから何もやらなくてもよいと言い出した。御舟漕ぎの練習をしている頃の熱の高まりようと較べると、雲泥の差があった。それでも、ひととおり決まり、例の月一回の酒になった。

会長が広文の横に座を占め、「ほんまに行くんかい？」と訊く。広文は「まだしばらくおるんじゃ」と首を振る。そして、ふと、おかしくなった。人の眼にも、路地に一人で家に住み、さして組で働く仕事を気に入っているとも思っていない広文が、所在なく、いつでも山の方から声が聴えてくれば山奥の飯場に出かけて行っても不思議ではないと思われているのだった。女ともそうだった。

女と一カ月前に出会ってたまに思いついてぽつりと言う言葉の端々から、女が川向うの鵜殿に実家があり、そこから三つ駅向うの市木からの出戻りだという事以外、女がどういう気持ちで自分とつきあい、家に泊っているのか、確たるものは何ひとつなかった。すべて女のせいだった。広文が、そのまま家にいてくれ、世帯を持とうと言っても、女は、「そう言うてもらえてうれしいけど」と言って黙ったまま、世帯を持つとも持つ気もないとも答えなかったのだった。なにもかも隙間だらけだった。女が広文の体にぽっかりとあいた空洞に居すわっている気がした。女が広文を、組にも行かせず、そうかと言って一稼ぎする為に山へ入る事もさせない。広文は、そう思い、雨の音を耳にしながら二日間、昼までは家にいて女を待った。

女が路地の小高い山の上にある広文の家に現われたのは、女が鵜殿の実家にもどってから合計四日目の事だった。女が家から持って来たものは小さなハンドバッグ一つだった。

広文は女が家を掃除し、敷きっぱなしの蒲団をたたんで押し入れに入れ、冷蔵庫に買い置いていたありあわせの野菜を使って料理をつくるのを見て、女が家にいなかった四日間が夢のような気がした。女は変りなかった。

雨の音が強くなったのを知って窓を開け、雨のせいで随分近くに神倉山の神体として祭った岩が見えると言い、また、下の、通りから入って来た路地の家の縁側に置いた鉢植えの花をのぞき込み、「なんや雨でポロポロ花が落ちてきたないな」と言った。

広文の顔を見て、「後で、いまちょうど咲きはじめたあの鉢の花、斬ったろかしらん」と言う。広文がその女の顔を見つめているのを訝るように、女は、「後でちょっと買物に行くのつきあってな」と言う。

女がスーパーマーケットで買物するのを待って、新地から踏み切りを渡ってパチンコ屋の横の細い道に入った。看板屋の横にその喫茶店はあった。看板屋の前の道には、店で使うラッカーの甘いにおいが漂っている。ともすると細い道半分ほども占領して商店の大きながが看板を描いている看板屋の前に漂うにおいを、女は「昔、こんなにおい好きでしょうがなかった事あるんよ」と言った。

女はその喫茶店で、「いっその事、どこか遠いとこへ行てしまいたい気がする」と言った。広文にどこかへ連れ去ってほしい気がしょっちゅうすると言った。女は昨日、ぼんやりと鵜殿のバス停に立っていた。トラックの運転手でも乗せてやると車を停めてくれればどこへでも従いて行こうと思ったが、案の定、誰も停めてはくれなかった。女はコーヒーを両手で持ってすすった。「路地にはよ行きたいと思ても、何んとなしにむこうも気づいているらしして、うちを外へなかなか出してくれへん。なんせから大師さんにも意地が悪いと塩水に変えられたとこやから」

女が物を話す度に、女の髪が揺れるのを見て、広文は、そのコーヒーカップにつけた唇や白い手のひらの感触を思い出した。

「お前、来なんだら、そろそろ山へ稼ぎにでも出かけよかと思とったところじゃ」広文は言った。「お前と交接ばっかりしとってもかまわんが、どうせあんなふうにして会うのも、いっつもいっつもは無理やし、お前が、家にずっとおってくれるんやったら、新たに金のええ職でもみつけるけど」

女は黙った。その喫茶店を出て路地を歩き、家へ帰るなり女は畳に坐り、顔に手を当てうつぶせにして頭を振った。

広文にはその女が何を悩んでいるのかわからなかった。

その女を後から抱き起こそうとすると、女が急に顔をあげ、「寝よ」と言った。

女の髪が広文の耳にこすれ、外に降る雨の音のように鳴った。

広文はその雨音を幻聴のように耳にしながら、三つ齢上の三十を二つほど越えたばかりの女が、かつて広文が相手にした女の誰よりも肌に艶と弾力がある、と思った。手で触ると脂粉がつきそうなほどの腰も尻も、つややかに内側から肉が張っていた。色白のせいか、陰毛は黒く濃く、雨戸を閉めた家の中の薄明りの中でもことさら目立った。

女は顔をあげ、女がなめまわしたせいで唾液で濡れた顔の広文をみつめ、「なあ、このままずうっと、どこへも行かんとこうしており」と言った。「うち、もっと一緒にあんたとこんな事していたいんよ。あんたとこうしておったら、親につかまっても誰につかまってもかまん気になる。淫乱やと後指さされてもかまんから」

広文が黙っていると、広文をあおむかせて体をのしかけ、胸から細い髭の生えたあごすじに縮めていた体を伸びあがらせるように唇を這わせた。女のその唇の動きを唇で受け止めると、女の舌がそれを待ち受けていたように広文の歯の間に割って入る。女の舌は広文の舌にからみつき、こすった。

女の肌に接した広文の腹や足がうっすらと汗ばみ、ほんのすこし体を離すだけでそれが家の空気で冷えてくる。

女陰がぬめっているのがわかった。

女陰に差し入れていた手に、女のぬめる体液がくっつく。女は舌をはなし、それから広文の鼻をなめ、両のまぶたを強く吸い、耳に息を吹き込む。「こうやってて、淫乱やと言われるんやったら、うちかまん。ここにおりよ。うちに教えて」

女は言い、また唇を広文の厚い胸に圧しつけ、唾液で濡れた温い舌が小魚のように動く。女の量の多い髪に甘い香油のにおいがあり、広文はその髪に顔をうずめ、眼をとじた。女は胸に頰をこすりつけた。その動きで、女の髪が幾つもの細かい糸になって広文の顔をくすぐり、息苦しくなって広文は女陰に当てていた手を抜いて女の体を持ちあげ、性器がまだ狭いままの女陰に息苦しげな表情さえして潜り込む図を想像しながら、小さな泡の潰れるような音をつくりながら刺し貫ぬく。

女は性器がひだの奥まで達するのを教えるように声をあげ、左右に動いた。広文は、女が動くのを見ながら、女の笑を浮かべたような表情が何かの顔に似ていると思い、女の腰の動きとは反対の方向に腰を廻し、尻を持ちあげると、女は「眩暈がする」と広文の胸に倒れかかり頰をすりよせる。

その女の言うとおり、広文は上になった。女は最初、脚をのばし、後から尻を抱えた広文にあわせるように、声をあげながら左右に体をゆすっていたが、「もっと」と膝を立てた。股を大きく張り、膝を立て、広文の体をその足で両側からはさみながら、広文が強く奥深く入るのを待つように、声をあげる。女の一回目はもう見えていた。

女は眉をよせて、広文の性器の先に突かれるのを待っている。広文が腰を強く早く動かすと女は身をよじらせ、今まで待っていたものから逃げ出そうとするようにのびあがり、それでも広文の体につかまったままとどめを刺されでもするように震え、広文の胸に抱きついて耐える。

雨が降っていた。

雨戸を閉ざした窓の外に、雨でくっきりと紫色に変色した神社の岩とその後に続く山々が、随分近くに見えるはずだった。

広文はふと、山の方へ行って働く事はもうないだろうと思いつき、女が眼がさめるのを促すようにゆっくりと腰を動かしながら、女がこの家にいる間だけでも使えるように充芳からシャブを手に入れようと、また淫乱な考えがわいた。シャブは、女がそれを打つと腰が抜けるほど行くという覚醒剤だった。女が快楽の波から息を吐き返すように動きはじめたのを知り、自分が一本の性器そのものに変ってしまえばいいと、自分の体の中にたまった気を抜くだけのために思いっきり荒く強く腰を動かした。

外で、見つめている者が在る気がした。

（「群像」昭和五十四年一月）

シノはその男が橋の中ほどに立って川を見つめているのを見た。海からの潮が溯りはじめた川は膨れ、水面に撥ねた光がその男の顔に当っていた。男は欄干にひじをつき、身を乗り出していた。シノは男の後を通り過ぎようとして、男の背中から、自分の肌に直接ふれる磁力でも出ているように、肌が鳥毛たつのを知った。自分の男親はこんな男だったかもしれない、とふと思った。通り過ぎてから男の顔をもっとはっきり見てみるのだった、と思った。

シノは田圃の畦を抜けて、一本ある檜を見上げた。鳶が、さいぜん川むこうの洗い張り屋に着物を届けに行った時と同じ格好のまま、檜のそこだけ葉が落ちた先端にとまっていた。西向《にしむかい》はその檜から、川口にむかって開いた場所で、シノが与一と世帯を持っている家は、川に下りる石段のそばにあった。こつこつとシノのはいた下駄が石段に鳴った。自分の体が重く肌が熱を持ったように下着の生地の織目ひとつひとつが触るのが分り、シノは月のものが近いのが分った。

シノが家にもどると、与一の母親が「姉やい」と声を掛けた。この三月に生れたタツヲを抱え、泣き騒いでうろたえてでもいたのか、「もうちょっとはよ戻ってきてくらんし」と、眼を伏せたままで言った。

「はよ戻ってこいと言ても、町へ行たら色々用事もあるに」

シノは母親の顔を見つめてそう言い、母親の腕の中のタツヲを受け取った。

シノはタツヲを抱いて縁側に坐り、日の光を浴びながら胸のボタンをはずして乳房を出した。妊娠中青く浮いていた血管はもう見えなかった。タツヲの吸う乳首が乳をにじませて濡れ、黒くひかっていた。「腹減ったんか?」とシノはタツヲにわらいかけた。「一人前に、腹減ったと泣いて、婆を手こずらせたったんか?」

タツヲは笑窪をつくり声をあげた。

「上手にのまなんだらいややで。それでのうても痛い気するんやから」

シノはタツヲに乳首を含ませた。乳房に柔毛《にこげ》のようなものが生えて、それが日の光で金に光って見えた。シノはあれ、と思いその柔毛にさわって見ようと手をふれた。柔毛は手には分らなかった。代りに乳房が皮膚に触りもしない手を感じとめた。タツヲは日を浴び、吸い込むために力の限りを尽しているらしく額と鼻の周囲に汗をにじませていた。乳を吸う時、タツヲは火のようになるのだった。

「与一は雑子屋に寄っとるて言うたかい？」母親が訊いた。

「さあ、しらん」シノは言った。雑子屋は、川むこうの橋そばにある馬喰をやっている男の家だった。土木一般、とびを請け負う与一に、このところ景気のよい雑子屋は裏のたたきをコンクリ張りにしてくれと言って来た。与一は人夫を三人抱えている手前、仕事にあぶれた時のために断りもしなかったが、口振りからもうけの少い気乗りしない仕事だと思っているのは、女のシノにも察することは出来た。

「また言うてくるど」母親は奥のかまどの前に坐り、藁草履の鼻緒にする端布れを一枚一枚手でしわをのばしながら言った。「アイヤにせっかくやってもらうんじゃ、と言うて」

「そう言うてもろても、もうけにならへん」シノは言った。

タツヲに乳を与え、障子戸からの柔かい光が当った畳にタツヲを寝かした。腹がくちくなったタツヲはひと時手足を動かしていたがすぐに眠りこけ、シノは自分の乳のにおいをかぎながら、台所に立った。

洗い物をやった。与一が腹をすかしてもどってくるまでに一時間ばかりあった。井戸の水をモーターでくみあげているために、水は、シノには微かにコケのにおいがした。

「姉やい」と与一の母親が言った。「町へ行たらもうちょっと早よもどって来なんだら、ないことでも人に言われる」

「なにをよ?」シノは訊いた。

「なにをて言うことないけど」

母親はすねた子供のように赤や白の端布れをわざと丁寧にのばし、口の中でもぞもぞと声を出した。

シノはその母親のもぞもぞ言う声が、はっきり口に出して言う声よりもしゃくにさわり、「どこそに男でもおると言うんかい?」と訊いた。シノはわらった。「あほらしこと言わんといてよ。男などおったら、ぐずぐず言うとる与一と一緒に、こんなとこには、よう住まんわ」シノはそう言ってから、自分の体からつまっていたものがせきを切って吹きこぼれてくるのを知る。

シノは与一の顔を思い出した。

台所の窓からコンクリ堤防が見え、その上で子供らが三人釣りをしていた。海の方から波の音が聴えた。昨夜も一昨日の夜も、波の音はした。夜も昼も波の音はシノがふと気づくたびに、薄い耳たぶの耳にこもった。タツヲが生れてからはいつもそうだった。

その海の音が自分を呼んでいる気がした。そんなシノを与一は、何かに取り憑かれでもしたんじゃ、と言った。寝屋の中で与一に抱かれた後、「ごうごう鳴っとる」と言うと、「台風が来とるわけでもあるまいのに」と取り合ってはくれず「また虫が起ったんじゃろ」とわらった。その与一のわらいがシノのかんに触った。

海はいつも鳴っていた。西向は海の音がいつもした。

シノは水道の蛇口から出る水を飲んだ。

その日、川口付近の空には普段より、鳶の数が多かった。水面に降り、魚をつかまえて翼をはばたき空に舞いあがる。獲物を摑んだ鳶は川口そばの電柱の上に停まった。シノはその鳶があきもせず、遊んでいるのか単に獲物を狙っているだけなのか、空を廻っているのを、台所の流しの窓から見ていた。流しでシノは茶碗を洗っていた。

その時、開けたままの玄関から、経を読む声がしたのだった。いつも門付けの者や修験の姿をした者が来ても、めんどうくさいことだとうっちゃっていた。そのうち布施をもらうのをあきらめて、隣へでもまわっていく。そんな者に取り合ってなどいたら、タツヲの世話や、与一とその母親の飯の用意、洗濯で精一杯なのに、どうしようもない。経を唱える声が低く響いていた。ふと、シノは思いついた。シノは玄関に行った。黒い装束の念仏の者がいた。よく響く声だった。

「あっちへ行かんしよ」

シノは言った。だが念仏の者はいた。「あっちへ行ってくらんしよ。ここじゃ、そんな経をとなえられても迷惑なんやから」そうシノが言いはじめてやっと念仏の者は、玄関から離れた。シノは、歩き去っていく念仏の者の後姿を見ながら、自分の家が、生きている物のように息を吸い込み吐いている、と思った。シノは呼吸が苦しく胸が張っているのを知った。シノは流しに小走りに歩き、蛇口に口をつけて水をごくごく飲んだ。与一がいつかシノに、男のように蛇口から直接水を飲むシノの首筋が動いて、そんなシノは人間の女などには思えない、と言った。わらう与一に、「じゃあ、何や」とシノが訊くと、与一は、「綺麗に化粧して化けた馬か蛇」シノは与一の頰を張った。与一の母親は「えらい事するもんじゃ」ともそもそ声で言い、与一は「なにを、この女は」と仕事装束のままでシノをおさえつけ、羽交じめにしようとする。

いつでもそうだが、その時もシノは本気だった。与一は冗談だった。この体の大きな男は、何一つ本気になったためしがないように、与一の頭といわず顔といわず叩き、倒されてもすぐ起きあがりむしゃぶりつくシノに、「痛い、痛い」と言った。

シノは外へ出た。

冷蔵庫の中から四軒先のカシワ屋で買って入れてあった鶏の首を一つ取り出し、裏へ廻り、与一の飼う鷹を見た。シノがその小屋の前に立つ度にその禽鳥は、おまえになど用はない与一を出せと言っているように、顔を見つめた。シノがつわりの時、この禽鳥の糞と餌のにおいが鼻につき、家がこの禽鳥のため、隣近所から鼻つまみになっている気がした。シノの家だけが暗い。

「ほれ」とシノは鶏の首を投げ入れた。その禽鳥は床に投げられた首を留り木からとび下り、爪を立てた脚でおさえ込んだ。鶏の首が生きて逃げ出すというようにしっかりと、爪を立てている。シノは「逃げはせんが」と言った。

禽鳥は小屋の中から、立っているシノを見すえた。シノは与一を真似て口笛を吹こうとしたが、かすれた音ばかりだった。

禽鳥は不意に首をよじり、爪でしっかりつかんだ鶏の首を、喰いはじめた。血のにじんだ赧い肉が見える首の辺りをひとかたまりちぎり、二度ほど喉をふるわせて、呑み込んだ。

鷹の小屋の横に積みあげた薪の上に、青いポリバケツがあった。与一は仕事から帰ると、それでいつも水を汲み、小屋の下のコンクリに流した。餌の食い残しや糞が水と共に洗い流され、溝に落ちる。

その裏からは西向の川も、海もすぐだった。海の音が聴えていた。シノは金網をたたいた。だが鷹は振り返りもせずに肉をちぎって食べていた。その肉を食べる禽鳥を見ながら、ことさら不思議な家族だとシノは思った。

まだシノと結婚しない独り身の頃、川奥の飯場に出かけた与一はその鷹を猟師からもらったのだった。与一の妹と与一の母親は、それ以来三年も、糞と餌のにおいに文句のひとつも言わず、シノから見れば、その禽鳥がこの家にただひとつある宝のように大事に嬉々と世話をしていたのだった。

「ろくでもないのに、逃がしたらんし」

そう言うと、妹のキミヱは、「なついとる」と言った。

「気色の悪り」そうシノはキミヱに言った。実際初めて与一より十二歳下のキミヱに会った時、鷹よりもそれを可愛がるキミヱが気色悪いと思った。色の白い眼鼻立ちの整った娘だった。だが、頭の天から抜ける声で物を言うキミヱは、シノには智恵足らずに思えた。キミヱは嫁のシノに、「逃がしたったら、よう一人で餌つかまえんのに」と涙をためて言った。

その智恵足らずだと思ったキミヱは、シノが嫁いで二年経った今、難かしい試験を受けて銀行につとめていた。シノは手が汚れると思い薪を一本抜きとって金網を「こら、こっち向け」とつついた。禽鳥は素早く振り向いた。その様子がシノにはおかしかった。「あんた、よう翔ばんの？　生きた餌を自分一人でようつかまえんの。トンビよりあかんな」禽鳥は黒く澄んだ眼でそう言うシノを見つめていた。

家の中からタツヲの泣く声がしてシノは、外水道で手を洗った。水がにおっていると思った。「姉やい」と与一の母親が呼ぶのがきこえた。シノは返事をせず、隣の八郎の家との隙間を通って家の前に出た。玄関だけ新しく建て直したのが、その隙間の道でははっきりと分った。仏壇のある十畳と、キミヱの部屋の四畳半の部分だけが古かった。その隣の家との隙間には、みょうがが植えてあるはずだったが、今は何もなかった。

「なんやしらんあのにおい体までしみてしまうわ」シノはタツヲを抱き取って縁側に坐った。「与一に言ってみなんだら」

「与一が福の神じゃ言うとるに」

母親はそう言って奥のかまどに行き、また藁草履の鼻緒にする端布れを一枚一枚のばしにかかった。母親は藁草履をつくって、西向の通りの釣道具屋に一足五十円でおろしていた。釣道具屋はその藁草履を夏場の磯釣り客に百円で売っていた。母親はその藁草履で手に入れた金をほとんどすべて、日輪様に納めていた。隣まで来ている水道を引かず、井戸水を与一の取り引き先の電気屋に頼んで電気ポンプで汲み出すのは、その日輪様の教えだった。そのポンプもシノが嫁いでからで、それ以前は一つだけある共同の井戸から水を汲んでいたのだった。西向には伝説があった。それが与一の母親の代か、もっと以前か分らないが、或る日、乞食の装いをした者が来て一晩泊めてくれと言ったが、その家の者は泊めなかった。乞食の者は地面に何やら杖で書きつけ立ち去り、それ以降掘っても掘っても井戸は塩水ばかりだった。塩水がいつから元の水に変ったのか定かではないが、水道の水は飲めないと言う母親に、与一は家の裏に人夫を頼んで井戸を掘り、真水を掘り当てた。「与一に嫁も来てくれたし」と母親は、日輪様のおかげでオダイジ様の怒りがとけたと喜んだのだった。

タツヲは乳首を噛んだ。シノはタツヲを乳房から引き離し、痛みが喉首に這い上がるのを耐えた。「いや」とシノはタツヲの顔を見て言った。「何遍も何遍も言うとるのに」タツヲはシノがあやしてでもいると思うのか、声をたててわらう。シノはタツヲの腹がくちくなったのを知った。シノに似て毛深い額に汗をかいていた。「お母ちゃん、そんなん嫌なん」シノは歯茎を見せて笑窪をつくったタツヲに言った。「ちょっと腹減ったら火ィついたように泣くし、腹いっぱいになったら悪さをする」

シノが西向の家を出たのは十時を過ぎたばかりだった。「ちょっと向うの兄さんの家へ行ってくるわ」と言うシノに、母親は奥から「雉子屋に寄って言づけしてくらんしょ」と言った。

「アイヤに直接言わしたらええに」

「アイヤ、断れんのやと」母親は化粧したシノの顔が眩しいというように眼を細めて言った。こもった声だった。「仕事にエラいけど、雉子屋によう言わんと言うて」

シノは与一の大きな体を思い出した。「わしばっかりそんな事言うて」シノは言った。馬喰をやっている雉子屋に仕事を断るのはシノには何でもないが、牛小屋のにおいが嫌だった。「わしが行てもええけど、なんせタツヲがおるさか身動きつかん」と母親が当てこするように言って、やっとシノは承知した。

西向の丁度入口に当るところにある檜の下に来て、シノは上を見あげた。鳶はいなかった。梢の先が日を受け、風にふるえていた。シノは身震いした。西向の角の女とすれ違い、シノは頭をだけ下げた。女が、化粧して橋を越えて行くシノを見てあらぬ事を噂するのは分っていた。シノが与一に嫁いだ時、その噂は悪いものではなかった。三十になってもまだ独り身の与一に、よくあんなに若い嫁が来たものだ、と言った。それはシノにも聴えた。

田圃の中の道を通って橋に出た。昨日、橋の中ほどに男が立っていたのだった。川に起った小波が日を撥ねていた。呼吸がつまった。「はよ戻って来いしよ」と言う母親の言葉をシノは思い出した。シノは息をひとつ大きく吸って、吐き出した。それは橋を渡る度にするシノの癖だった。

シノが立寄ったのは、長兄の雑貨屋だった。兄嫁が血の気のうせた顔で棚に品物を並べていた。「おらん？」とシノは訊いた。兄嫁は「串本に用事あるとはように出て行た」と兄の事を答えた。シノに兄は三人居たのだった。兄三人とシノは父親が違った。兄たちの父親は古座が津波に襲われた時、死んだ。シノは母親が孕んだ私生児だった。代々古座で舟宿をやっていた母親は、シノの男親がどこの誰かあかさず、四人の子供を分けへだてなく育ててシノが十八の時死んだ。子供の頃、兄たちの一人はかんしゃくを起したシノを、「法螺貝もった山伏が連れに来る」とおどし、聞きつけた母親にメッタ打ちされた。

「水一杯くれん？」とシノは言った。「なんやこう頭痛い気がする」

「薬、のんだら？」兄嫁は訊いた。シノはかまちに腰かけ、台所に歩いて行く兄嫁を見ながら「子供産んでから、ちょっとの事でも体に障るの。薬飲むほどでもない。水飲んだらなおるんやけど」と言った。そしてふとおかしくなった。それはいつも与一の母親が言う事だった。与一の母親は、事あるごとにそのオダイジ様の怒りがとけて真水になった井戸の水を、飲んだ。兄嫁の汲んだ水は、カルキのにおいがした。味気ない水だった。

雑子屋は「きれいにしとる」とシノをからかった。「与一にゃもったいない」雑子屋はそう言い、乗馬ズボンのポケットに両手をつっ込み、「ここからここまで」と地下足袋の脚を広げ、「このまえは手がすいたらやると言うておったに」と独りごちる。「簡単なことじゃ」それから笑をつくり「まあ、ええわ、独りでセメン買うて来てやるわい」とシノを見る。シノは雑子屋の眼が牛の眼に似ていると思った。

「わしが男やったらやったるんやけど」シノが言った。「女やからようせんし」

雑子屋は「要らん、要らん」と言い、「女のおまえがやるのはそんなことではないに」と声を出してわらった。シノは不意に雑子屋の笑が汚ならしいと思った。髪をいきなり逆さになぜられた気がして体中に総毛立つ気がした。シノは馬喰の雑子屋が人を牛や馬のように見ている、と思った。胸がつまり、そのつまった物を吐き出すように、「わしが何やるんよ」と訊いた。

雑子屋はシノの言葉に答えず「セメン一俵とバラスと砂で二、三時間あれば出来ることじゃ」と世迷い事を言った。

シノが家へもどったのは昼だった。シノが玄関を入るか入らないかの時に、与一が「外にばっかり行っとらんと、家へおらんか」と言った。シノは顔をあげた。奥の台所の卓袱台に母親と向いあわせに与一は坐っていた。シノは母親が昼に帰った与一に飯の仕度をし、そのついでに、タツヲを置いて町に出かけたシノの愚痴を言ったと思った。下駄を脱ぎ、昔、子供の頃から舟宿の母親にしつけられたようにそれをそろえた。かがんだ自分の胸元から乳のにおいがした。

「もっとはよ来なんだら」与一の声は小さくなった。その声は大きな体の男には似つかわしくなかった。

「母さんが雉子屋に寄ってくれと頼んだんやないの」

「町へ行たらはよ戻って来んしよ」母親は言った。「あらん噂たてられる」

「そんなんやったら自分でちゃんと雉子屋に行て断ったらどうやの。女のわしに行かせて」

「外へ行くことない」と与一はつぶやくように言った。

「なにを言うとるに」シノはそれが不愉快だった。家が生きて呼吸しているように思った。シノは脱いだ下駄をつっかけた。外へ出ようとして後から与一に髪をつかまれ、ふり払う隙もなく、体を家の畳に投げとばされた。シノは一瞬呼吸が出来なかった。「この女《あま》」と与一は肩で息をした。それがシノには、与一が母親に見せる芝居だと思い、そんな芝居の為、自分に痛い目をさせる与一に腹が立った。シノは弾ね起き、いきなり与一に体ごとぶつかり、喉元をひっかいた。「痛い」と与一はシノの髪を持って自分から引きはがし平手で頬をぶった。シノは与一の腹を足で蹴った。与一はシノの髪を持ったまま不意に足で蹴りつけた。シノは尻もちをついた。髪がぼこっと音をたてるのが分った。その音を聴いて、不意に涙が出た。シノは涙でくしゃくしゃに化粧がはがれたまま「畜生、畜生」と与一におおいかぶさり、腕にかみついた。与一の顔を爪でひっかいた。「われ、人に子供を産ましといて」シノは歯をたてたまま言った。

「やめんしよ」

母親は言った。

与一は母親の言葉に不意にさめたようにシノの髪を離した。「畜生、人を殴り腐って」とシノは、あおむけに倒れた与一におおいかぶさる格好のまま頭と言わず顔と言わず打った。自分の吐く息だけがふつふつと耳についた。

シノは二十一歳だった。与一の家に嫁いだのは十九の時だった。母親が死んでから長兄夫婦の家に住み、そこから町役場に勤めていたが、長兄と父親が違うこともあって居づらく、それで土木とびの請負師である与一と結婚したのだった。シノが与一を好きだった。どうしてなのか分らなかった。町役場の同僚はつまらない男だと与一の事を言ったが、シノには与一がやさしい男だと思えた。暴力をふるうような男ではなかった。同僚は結婚には反対したが、三人の兄は何も言わなかった。シノは自分が母親の死んだ今、どこの馬の骨の子か分らない厄介者だと兄たちから思われていることが分った。西向の与一の家を出てもどこにも行くところはなかった。だが、それでもよかった。

与一が昼からの仕事に出かけて、シノと母親の二人になって、「なんや」とシノは言った。「ありもせんことを人のおらん隙に二人で話しとったんかい」

母親はシノの見幕に圧されておどおどしていた。シノは母親の顔を真っすぐに見て、「言うてくらんしよ。わしがどこで何をしたか」と言った。母親は藁草履用の端布れを黒っぽいものと赤っぽいものに二つに分ける手を休めなかった。母親の髪がほつれていた。タツヲが縁側で日を受けて、一人で声を出して遊んでいた。

裏の小屋から禽鳥のにおいが家の中に入り込み、充満している気がした。

「この家に一日おったらな、頭痛なってくるんや。この鳥のにおいするとこで、わしをここに一日おれと言うんやったら、せめてあの鳥逃がしてから言うてよ」

「逃がしたら与一が、おこるに」母親は言った。

「息がつまってくる」

シノはそう言った。

シノはタツヲを抱いて外へ出た。「姉、どこへ行くんない？」と母親は訊いたが、シノは答えなかった。シノは機嫌のよいタツヲを抱いて、川に続く石段を降りた。こつこつと下駄の音が鳴った。右手の石垣から椿の木が道に枝をつき出していた。枝は海から川口を上ってくる風に歪んでいた。固い葉が光っていた。シノはタツヲを抱いたまま川原に立った。水が昼の日を撥ねていた。海から潮が逆流して川の水は臨月の腹のように脹らんでいた。シノはそう思った。タツヲを孕んでいる時、与一も与一の母親もキミヱも、シノに仕事をさせなかった。することもなしにシノはよく川に来て、水を見た。シノはその頃、自分の母親を想った。シノにも兄たち三人にもその男の事を明かさなかったが、母親は、その男を知っているはずだった。山伏に母親が体をひらいた。結局シノをみごもった。シノはいつのまにかそう思っていた。腹の中で足で蹴る子供を感じながら、シノは自分もいつかそうなる、と思ったのだった。いつの日かそう遠くない将来、母親と同じことが自分に起る。タツヲはシノの腕の中にいた。タツヲの父親は与一だった。だがシノにはタツヲが、ほんの出来心のまま体をまかせて孕み産んだ、旅をしてまわる山伏のたぐいの者の、子供である気がした。川の中に捨ててやっても、かまわなかった。

タツヲは風が強い為抱いたシノの髪が顔に当るといってむずかった。海が鳴っていた。川向うの町並みが日を受けて見えた。シノは振り返った。与一の家の裏が見えた。

シノがその噂を知らないわけではなかった。だが忘れていた。その噂はたわいもないと言えばたわいもなかった。実際つじつまが合わなかった。キミヱが与一とその母親の間の子供だと言った。それから言えば十二歳で与一は四十二歳の母親を孕ませたことになった。そんな事はありえないとシノは思ったが、西向一帯に流れているその噂が出てくる元は分った。あまりにも母親も与一も、おとなしかった。キミヱはひよわすぎた。

与一は西向で一、二を争う大きな背丈の男だった。独り身の時、西向の青年会館の横の広場で夏の盆の余興に相撲を取ったが、与一の体に組みとめられた者は、手の出しようもなく吊り出され圧し出された。だが小兵の者が立ちあいざまに横にとんだり、けたぐりを掛けると、与一はばったりと土俵に四つん這いになった。与一が気合い負けしたのだ、と人は言った。与一が土木請負師になった時も、そうだった。入札で人の裏を読み合うのに与一がついていけるかどうか、十五年程も与一を使っていた岡田組の親方が心配した。

その与一が一台持っているダンプカーを、岡田組駐車場と立札を出した信号横の空地に入れ、人夫三人を連れて仕事からもどった時から、そのすべては始っていたのだった。それはシノだけでも、与一だけでも、母親だけでもない、ましてや妹のキミヱだけの病気ではない。それは物を言い、物を食べ、物を知る四人の相互がつくり出したものだった。潮の干満と共に脹れ減る水の川と、スリバチ型になった底の為、魚が寄りつかない空浜《からはま》と昔から言われる海に面した古座という土地そのものがつくり出したものだった。いや、それはっきりと真水の出なかった西向という土地のせいだ、とカシワ屋は言った。

シノは川原からもどると、タツヲをそのカシワ屋に預けたのだった。シノは家にいる与一の母親に気づかれぬように裏に廻った。薪を一本抜きとったのは、それでその禽鳥をついて殺そうとしたのではなく、鍵をはずし戸をあけて外に出たそれがシノを襲いかかった時よける為だった。禽鳥の眼は日を受けて黄金に光っていた。シノは息をつめて、鍵をはずした。戸をあけた。だがその鳥は、逃げなかった。シノはつついた。禽鳥は小屋の中で暴れた。シノはめちゃくちゃにその禽鳥を薪で殴りつけ、つつき、床に降りたところをまた殴りつけた。「姉やい」と母親が流しの窓から物音をききつけてのぞき呼んだ時、その禽鳥は瀕死の状態で、床に立つのが精一杯だった。

「人に、ないことを言うて。打ちまくったったわ」

シノは言い、薪をかざしてみせた。血が日に光った。

「つらいよ、つらいよ」と母親は流しの窓に顔をつけたまま、言った。

「なにがつらいんよ、鳥の一羽や二羽」シノは言い、母親のおろおろする顔を見て、「ちょっとはな、わしの言うこともきいてくれなんだら」と母親を見た。シノは自分が勝った、と思った。「みてみいや、母さん、この鳥もえらそうに弱い者の鳥の首を食っとったけど」シノはそう言って、小屋にかがみ、禽鳥の力なく垂れ下がった翼を薪で今一度突いた。禽鳥が倒れ、ばたばたとまた立ちあがる音が、床に立った。頭に一撃を受けて血が眼のあたりに流れおちていた。

シノは薪を放り棄てた。シノが手を外水道で洗っていると、母親は裏にやってき、シノの姿を見て急に気づいたと、「赤子《ネネ》は?」と訊いた。シノはそう訊かれ、いつも鶏の首を買うカシワ屋に預けたのを思い出した。「カシワ屋のトミさに預けとるよ」シノは、そう聴いて安堵するように呼吸を吐く母親に、タツヲを川に放り投げるか、鳥を殺すかと考えたと言おうと思ってやめた。母親は涙を流した。「えらいことしたねえ」と血を羽根につけている禽鳥を見て言った。

与一が三年飼っていた禽鳥だった。母親は与一がもどってこないうちに、散らばった羽根の始末をつけると言い、シノはポリバケツに水を汲んだ。「これでええわ」と、その水をシノは禽鳥めがけてかけた。

「えらいことした」

母親は仏壇の前にシノを引っ張り坐らせた。母親は一時、経をとなえ、それから台所に立った。水を透明なグラスに汲み、仏壇におき、経をまたとなえ、「飲まんしよ」と言った。「殺生な事をして、血を流さして」母親はいつも背中をまるめて藁草履をつくっている母親とは別人のように見えた。

「いや」シノはきっぱり言った。

「飲まんしよ、オダイジ様の井戸の水やに。あんたも飲まんしよ、わしも飲むさか」

母親はそう言い、しぶしぶ飲むシノを見た。そして背骨から声を出して言った。

「穢れが洗い浄められる」

与一が家へ帰ったのは五時だった。キミヱは与一のすぐ後に銀行からもどった。裏の小屋に行ってその禽鳥の様子を見て、キミヱは「ケガしとるみたいや」と言った。母親が「さっきばたばたとび廻っておったさか」と言った。シノは黙っていた。

与一は風呂に入った。風呂場から、「シノ、カミソリ取ってくれ」と与一が呼んだ。シノは返事をしなかった。与一の言葉に胸がつまったように感じ、水をグラスに受けて飲んだ。キミヱがセーターに着替え、蒲団に寝かしたタツヲに「かしこいんか」と話しかけていた。「今日もかしこにわらっとったの、こんなにして」と頬をつつくとタツヲはわらう。

「キミヱ」とシノは嫁いでからはじめて呼び棄てにして呼んだ。キミヱは驚いてシノを見た。「カミソリ取ったり」とシノは言った。

「いやや、アイヤは裸やもん」

「なんで裸がいやや。きょうだいのくせに何を穢らわしい事考えとるの」

キミヱはしぶしぶ立ちあがった。戸棚をあけ使い捨ての束になったカミソリを一本抜き取って、風呂場の閉まりの悪いドアを開けて「はい」と手だけを差し出した。そのキミヱを見ながらシノはもう一杯、水を飲んだ。母親がそのシノをかまどの煙に眼を細めて見ていた。

シノはその日朝から水をたてつづけに五杯飲んだ。与一を仕事に送り出してから、腹がしくしく痛み、案の定、月のものになった。血を見ていると吐気がした。シノは縁側に坐り、タツヲを抱いてぼんやりしていた。血のにおいが、鼻についた。タツヲを縁側に置き、シノは流しに歩いた。透明になりたかった。水のように流れてしまいたかった。シノは蛇口に口をつけ、モーターの音を耳にしながら水を息のつづく限り一息に飲んだ。それからまた縁側にもどり、タツヲを抱いた。タツヲは抱いてゆするだけでわらった。シノはふと思いついて、啓造の家にタツヲを抱いて出かけた。啓造の女房はタツヲを抱き取った。小間物の行商をしている啓造は「与一の商売うまいこと行っとるかい」と訊いた。啓造の女房はタツヲを抱き取った。

「さあ、分らん。うちのはあんまり仕事の事話さんし」とシノは言った。

「やせたんと違うか?」と女房は訊いた。シノは「あれやから」と答えた。「朝から何にもしたないの。母さんだけに掃除もまかせられんと思ても」

啓造はこれから田辺の方に向って小間物を仕入れに行き、新宮の方へそれを売りに行くと言った。啓造が肩に荷をかついで出ていってから、シノは、啓造の女房と話し込んだ。啓造の女房は、与一が一度結納まで取り交わしながら破談になったことがあると言った。

シノは聞いたことがなかった。

シノはタツヲを抱いて家の縁側で乳を呑ませ、タツヲが額に汗をかきはじめるのを知って、乳首を嚙まれるのが嫌で無理にひきはがした。タツヲは両手を動かしバタバタさせたが、泣かなかった。

母親は相変らず奥で畳に茣蓙を敷いて、藁草履を編んでいた。

空耳のように男の念仏の声がきこえていた。鳥肌が自分の体に立つのがシノには分った。

「餌買うて来てくらんしよ」と母親は独りごちるようにシノに言った。「与一が朝フラフラしとる鷹見て、どうもこれは、誰ぞ悪さをする者が来たんじゃ、と言うて、切れた血の出とるとこにヨーチンをつけとったさか」

シノは、母親の言う事を聞いていなかった。身を固くして、西向の漁をして暮らす家が並んだ一つ向うの通りを鼓をたんたんたんと叩き、念仏の声が動いていくのに、耳を傾けていた。

鼓は道を川の方へ歩いて行く。

シノは「母さん」と言った。声はうわずっていた。

日が丁度前の家の屋根すれすれに昇っていた。鼓の音が川に続く石段を下り、川原に停まっていた。シノの耳には、その音が、川の水の中に溶けてしまうように、消えたのだった。川の水音と海鳴りが残った。シノの家がその水の音の合い間に、ひっそりと息をこらしていた。いや、家の中でシノが、息をこらしていた。シノは自分のさして大きくはない体を想った。家はシノをつつんでいた。その家は西向の細い道に軒をならべて建った家々の中にあり、西向は古座の川口にぽつんとあった。川はすぐそばだった。海は道路を一つへだててあった。海が荒れて津波になればひとたまりもない町だった。実際シノの母親の代に、古座は津波に襲われた。与一の母親は、海の波がはるか遠くの沖まで引き、空浜といわれる海のスリバチ型の底が見えた、と言った。波は壁のようにそそり立った。与一はその話を何度も母親から聞かされているらしく、「恐ろしもんらしいわい」と声をひそめた。「いくら堤防つくっとると言うても、何のつっぱりにもならん。一旦荒れたら、こんなとこはひとたまりもないきに」「よう一番先にやられる西向におるな」とシノは真顔の与一に言った。何人もの人間が西向でも死んだのだった。長いことオダイジ様の怒りにふれて、西向では青年会館の横の共同井戸しか、真水が出なかった。与一が掘って出たのは、その津波で怒りが洗い流されたのだ、と母親は言った。

西向の青年会館で説話会があると、ハナエが回覧板を持って来た。

ハナエは訊きもしないのに、オイの法事で汽車に乗って二時間ほど離れた新宮へ行って来たと言った。縁側に上り込み、タツヲを抱いたシノに、「えらいもんやきに」と言った。「死んでもあんなに大きにしてもろたら、本望やきによ。坊さん、三人も四人も来て」ハナエはそうため息をつくように言った。そして思いついたように、与一の母親に「今度の和尚《おっ》さん、可愛らしなあ」と言った。

「三番目の息子さんやね」母親が言うと、ハナエは、「前の和尚さんは男前と違たけど」と言い、何を思い出したのか、皺くちゃの顔をゆがめて泣き出し、「和尚さんはクソ食ろた顔しとったけどやさし御人でな。順太郎が死んでしもた時、つらいことはみんなあるぞよ、とシンランさんも言うとる、と言うて」

母親はそのハナエにうん、うんとうなずいた。

シノはそのハナエを見ながら、ハナエのオイの一人であるカツジが言う話を思い出しておかしかった。カツジは与一の昔からの朋輩だった。ハナエは若い頃から間男をして廻った。順太郎がカツジの家で夜釣りの道具を手入れしている最中に脳溢血で倒れ、オイのカツジが走って西向をさがしまわると、青年会館の中からのこのこと出て来た。「うるさい子やな、人を呼んで廻って」と言い、順太郎が倒れたと言うと、「人の家でない、弟の家で倒れたんやに、医者を呼んでもらえ」忙しいからと一緒に行くのを断った。また、或る日、新宮から祖母の墓参りにカツジのイトコらが来た時、ハナエは一緒に行くと言い、祖母の墓にくっついてある順太郎の墓を「順太郎ここ、順太郎ここ」と墓の頭をたたいて呼んだ。イトコが、「おじさんも酒好きやったねえ」と罐ビールを置くと感きわまって泣きだし、その罐ビールを半分ほど飲んだ。「イトコにでもはずかしかったよ」とカツジは言った。

「和尚さんが可愛らしんやったら、わしも説話会に行こかいね」とシノが言うと、母親が「ええことや」と真顔で言った。

「和尚さんの顔を見に行くだけや」シノは母親の顔を見ながら、顔に笑を浮かべた。

「それでもええことやに」と母親が回覧板のチラシをぱらぱらめくりながら、「西向に骨埋めるんやから」と一人でうなずいた。

ハナエがシノを見て、「乳飲み児おったら、あかんわ」と言った。「泣いたらどうにもならんが」ハナエはシノの笑がかんに触ったのか、そう言い、もぞもぞと足をそろえて、縁側から下りかかる。着物のすそが割れて赤い腰巻が見えた。若やいだ赤い鼻緒の下駄をしわくちゃの足につっかけて立ち、「これから慈愛クラブの家にまわらんならん、これも和尚さんのためや」と言った。「あんた、休んでばっかりおらんと出て来なあかんで」ハナエは言い、与一の母親ははいはいとうなずいた。

タツヲを蒲団に寝かした。

藁草履をつくりはじめた母親にシノは、「あのオバさんいくつ」と訊いた。母親が「八十くらいと違うか」と言った。シノはことさら声をつくって、へえ、とおどろき、「あんな齢でわたしと張り合おと思うんかしらん」と言った。

「与一がね、母さん」とシノはくすぐったいわらいをつくって言う。「昨夜、わたしがいややと言うのにわざとすりよって来て、殴って悪かったと言うの。泣き声で謝まるのきこえてた?」

母親は黙ったまま藁をたたいていた。

母親のその姿がかんに触った。「聴えてたやろ?」と高い声でシノは言った。「虫酸が走ると言うてやったに。おまえのような乱暴者は虫酸が走る、外へ出たらやさしい男いっぱいおる言うたら、悪かった、悪かった、と言うの。涙も見せん者が反省しとると信用できるか、タツヲを川にでも投げ落として出て行たる、と言うと、ほんまに涙流して」シノはわらった。しゃべりながら与一が図体の大きなケモノの類に思えた。「涙見せても許さんと言うと、おれみたいなやつは死んでしもた方がええと言い、蒲団から脱けだし、裸でわたしが寝とる枕元に坐り込んで」

シノは母親の顔を見た。それからの事は襖一枚へだてたむこう側の、十畳の仏壇の間に寝ていたおまえが聴耳をたてたようなことだ。シノはくすくすわらった。

シノは、日を顔に受けて眼をほそめた。眠っているタツヲの顔の産毛が黄金色に光るのを見つめた。与一に体を許すときまって月のものになるとシノは思った。

タツヲを母親に頼み、その鼓の音が溶けて消えたように思えた川にシノは下りて行った。川の水は今日も日を受けて光っていた。念仏の者も山伏も姿はなかった。

子供が四人、咲いた白い花の木の下の近くの川原につなぎとめた舟に乗り、浅瀬に釣り糸を垂らしていた。海の音がした。

シノは今来た道を引き返した。西向は狭いところだった。シノは石段をのぼった。その昔、川そばに西向がありながら、井戸水のことごとくが塩水だったとは、因業なところだと思った。日が真上にあった。自分の父親が不意にその旅の乞食に身を変えたオダイジ様だった気がした。シノの母親が男親の事を口に出さなかったのは、その男が真水を塩水に変える力を持っていた人間ではない者だったからだった。与一の愛撫する手を思い出した。与一はシノの股に顔をうずめ、シノに自分の性器を愛撫してくれ、と言い、いやだとシノが言うと、触ってくれ、と言った。与一がシノに性器を顔にくっつけたので、シノは、与一の体をつきとばしながら顔を狙って膝で力いっぱい蹴った。その男は与一のようなケモノの類ではなく、水のように風のように母親の体に入り、母親を快楽に震わせた。

椿の硬い葉の間から木洩れ日がゆれていた。シノは家の前に立って、水のように風のようにうに透きとおっているのは自分とタツヲだけだと思った。縁側に一つ息を吐いて坐ったシノを、奥の部屋で相変らず藁草履の藁を打っている母親が、顔をあげて見た。日の下を歩いてきたシノには、母親の顔は黒ずんだケモノのものに見えた。

いつも仕事から帰ると与一は裏の小屋に鷹を見に行った。丁度、タツヲにまた乳を噛まれて痛みに声をつめていたシノは、家に入りもしないで裏へ廻ろうとする与一がしゃくにさわった。「与一」とシノは高い声で呼んだ。与一は振り返った。作業ズボンに下シャツ姿の汗と土にまみれたままの与一は、「なんじゃ」とけげんな顔で答えた。与一の洗っていない黒ずんだ顔がわらった。痛みがとれてからシノは機嫌のよいタツヲを蒲団に下ろし、縁側から下りた。下駄をつっかけようとして鼻緒がうまくはけず、シノは素足のまま、立っている与一にむかって走った。「われは」とシノはどなった。声が二つに割れていた。与一の腕をつかみ、子供にするように「おいで」と縁側まで引っ張った。飯の仕度をしていたキミヱが、シノを見ていた。流しで漬け物を切っていた母親は、二人の様子に知らぬ振りをしていた。

「母さん、ちょっと与一に言え」シノは土のついた足で下駄をつっかけて言った。「母さん」とシノは呼んだ。「家に入りもせんと帰ったらすぐ裏へ行く」シノは腕をつかまれたまま呆けたように立っている与一に言った。「そんなにあの翔べもせんもんが大事か。心配せいでも生きとるわ。よう翔びもせん、格好だけ一人前のもん。そんな空を廻っとるトンビよりあかんもんが、親きょうだいや、嫁や子供よりも大事か。さっきおまえが心配せいでも餌やったし、おまえが掃除するより綺麗に水で流してよごれとっといたわ」

「それじゃったらええによ」与一は言った。

キミヱが「アイヤ」と与一に言った。「さっき姉さんが小屋の裏まで水かけて掃除した」そうキミヱが言い、キミヱの優しい声をきき、シノはやっとなだめられる気がした。シノは嫁いでから今日の今日まで、鷹の餌の腐肉のにおい糞のにおいによくがまんをしたと思った。並の女では耐えられないと思った。つわりの時何度も、シノの腹の中で子供が手足を蹴って動きはじめた時、与一と母親とキミヱの三人にどうにかしてくれと言った。鷹の居丈高の眼が不快だった。人間をあなどっている。嘴が不快だった。爪が不快だった。シノは毎日毎日、何かにおびえ、見つめられている気になった。今日の今日、鷹はもう決して禽鳥ではなかった。それは翼の骨が折れたのか、三年間、小屋に閉じ込められたためか翔べなかった。二本足で立っているだけで薪で突っつくと倒れた。餌を小屋の中に投げ入れると、爪で、圧さえつけることも出来なかった。ただ嘴だけで首をのばして肉のかけらを食べた。シノは思いつき、「はよ外へ出やんし」と小屋からその鷹をつきだした。バケツで二杯、水を頭からかけた。小屋はちょうど勤めから帰ってきたキミヱに手伝わせてひっくり返し、隅々まで洗剤を使って洗った。鷹の餌は人間が食べるように白い皿に、鶏の小間切れを乗せてやった。白い皿の下には平たい板を敷いて、皿からこぼれた小間切れが金網の目を通って床に落ちないようにした。「おまえもかしこしとったら、かわいがっとるに」とシノは鷹に言ったのだった。

黄金と朱の夕焼けは随分長く空にあった。

風呂上りのシノに、与一の朋輩のカツジが「面白い物を買うて来た」と縁側から呼んだ。与一がわらっていた。シノは化粧水をつけた。自分の肌が急に白くなった気がし、シノは薄く紅さえつけた。乳のにおい、血のにおいがとれ、自分が与一と結婚する前の男を知らない生娘にもどったと思った。キミヱと変りない、とシノは思った。「シノ」と与一は呼んだ。「ちょっと来てみいや」与一は言い、カツジの「こりゃすごいど」という声が聞えよがしにする。

母親とキミヱは、タツヲを二人であやしていた。

カツジは縁に腰かけ、シノを見た。「ますます別嬪さんになってくるな、おれもこんなカカをもらうんじゃったら、もうちょっと待ったらよかった」とカツジは言った。

「いまからでも遅いことないさか、わしをもろてくれんか」とシノは言った。

「与一と喧嘩になるわだ」

「踏んだり蹴ったりされた時、カツジの家へ逃げるさか、そこでめんどう見てくらんし」

「カカがおるによ」カツジは眉をしかめるように答えた。

「一人が二人に増えるだけやないの。わしが男やったら二人ぐらい一遍にめんどう見たるに」

シノはそう言い、縁側に坐った。与一がそのシノに「これが何の写真か分るじゃろ」と一枚を顔の前につきだした。男と女が性交している写真だった。シノはその与一の言い方が気に食わず、「ふん」と鼻で吹いた。それから与一の顔を見つめて、「たまにカツジとかくれてやっとることじゃに」と素気なく言った。与一が判断にまようようにシノを見たのを、シノはみのがさなかった。カツジが「よう言うてくれるによ、恐ろしことをよ」と呆れ返ったふうに笑を消した。「この与一のクソ力で殴り殺される」

「卑怯やなァ」とシノは言った。「わしの事を何から何まで知っとって、いまさら知らんと言うんかいよ」

「誰が与一のカカに手を出すかいよ」とカツジは真顔でシノを見て言った。シノはわらった。シノは急に自分の体から気力が抜けていくのを知った。カツジに体を開いたことはなかった。いやいままで夫の与一の他にシノは男を知らなかった。シノの体から血のにおいが立ちのぼっている気がして、シノは十畳の仏壇の部屋を小走りに抜け、奥の流しに立ち、コップに汲んで水を飲んだ。そのオダイジ様の怒りがとけて真水になった西向の地面の下から、水を汲みあげるモーターの音がした。井戸の真水はシノの体の中に入る。コップに汲むのがまだるっこしくシノは蛇口に口をつけた。喉がごくごく鳴った。血が水で治まる。水で血の穢れを洗い浄める。蛇口から口を離し、荒い息を吐きながらシノは、窓から外を見た。空は暮れ、夕焼けはすっかり終り深い群青だった。黒く光る川があった。海と川の水が、古座を取り囲んでいた。

「姉さ、タツヲ、キミヱに見てもろといて説話会に行くかい？」母親がシノに訊いた。

「行かん」とシノは答えた。

「キミヱ」とカツジが縁側から呼んだ。「ええものを見せたろかい、ちょと来いや」カツジが言い、タツヲをあやしていたキミヱが「なに？」と声をあげた。与一はわらってさえいた。「来いや、ちょっと」とカツジが呼んだ。キミヱがその声に誘われて立ち上ろうとするのを見て、シノは「キミヱ」と強く呼んだ。「まだ娘やからそんなもの知らんでもええ。おまえが知ってどうするんや」シノはそう言って改めて、キミヱが生娘であることを知った。今にして思えば、腹の大きい頃一緒に入った風呂で、キミヱの小ぶりの乳房、赤い乳首は生娘のものだった。

カツジは女癖が悪いと札付きの者だった。西向の者はその札付きと与一が昔も今も朋輩の仲なのが分らないと言った。与一がシノに教えた。オシの娘をカツジがまだ独り身の時、嬲って、孕ませ、その兄から金を出すかそれとも嫁にもらってやってくれるか、と詰め寄られたのだった。

母親が、「姉さ行かんのやったら」とキミヱを連れて青年会館に行った。カツジは、「おれも帰る」と帰った。与一はシノとタツヲだけになってはじめて、「ほんまか？」と訊いた。シノはその与一の大きな体のどこに、気弱さがかくれているのだろうと思った。シノは与一の顔を見ながらうなずいた。与一ははっきりと顔色を変えた。それを見て、シノは不意に自分の体の中でぽっと音をたてて火がつくのを感じた。与一は呻き声をあげ、「なんでじゃ」と言った。「なんでもおまえの言うようにしたやないか」とシノを見た。ぶるぶるふるえた。涙を流した。シノは与一の涙を見て、自分と同じように与一にも人間らしいものがあると思った。だが、そんな与一はうっとうしかった。ケモノの与一が好きだと思った。いや、昨日の夜もケモノだった。ケモノの与一をシノは愛しんでやったのだった。与一はこらえかねるように両手を顔にあて声をあげて泣いた。大きな体の男だった。シノの体の二倍はあった。その男はシノがカツジに体を許したと言って泣く。声は牛の悲鳴のようだった。その与一の声が自分をあやしていると思うのか、タツヲは声を出してわらう。一人でしゃべった。

頭をかかえて泣く与一の体に、シノはいま寝てやってもよいと思った。シノは与一の頭を平手でぽんぽんとたたいた。不意に与一は顔を起した。シノを見、それからやっと怒りが腹の底で固まって形をつくったと、唇に力を入れ、「あの野郎」と言った。「殺してやる」与一は起きあがり流しに走り、包丁を握った。シノがその体にすがりついた。「やめなあれ、やめなあれ」とシノはうわ言のように言った。「包丁を持って外へ行くと言うんは、卑怯者のすることや」シノは与一の体をつかみ、自分の体のぬくもりを伝えようとするように、乳房と腹を与一に圧しつけた。「与一が好きなんよ。齢が十二も違うのを知っといてあんたと生娘のままで結婚したんは、あんたを好きやからに。わたしは思とるよ。

あんたがこのシノだけしかないのと同じように、このシノもあんたが好きなんよ」シノは自分が何を言っているか分らなかった。

与一はシノの体のぬくもりを感じたというように、包丁をシノがもぎとるままにした。シノはその格好のまま与一の背中を撫ぜた。与一は牛のようだ、とシノは思った。智恵のない牛をなだめているのだとシノは思い、与一の、立ったままぴったりシノの腹にくっつけた股間の性器が、勃起しはじめているのを知った。それはシノには悪い感じではなかった。ケモノが与一でシノは人間だった。与一はシノに背中をぽんぽんとたたきつけられ、牛が鳴くように呻いた。

風呂場でならいい、と誘ったのはシノだった。シノは着ていた服を脱いだ。シノは建てつけの悪い風呂場の中に入り、おおいぶたを取った。湯気が風呂場に満ちた。湯を被った。コンクリの上に置いてある木のスノコに坐った。与一は素裸になってシノの後に坐った。「湯にいったん入らんしよ」とシノは言った。与一は湯をかぶった。床にぺったり坐って与一は立ったままのシノに顔をあげ、「さっき入ったんじゃ」と言った。声が風呂場の中で反響した。シノは「ほら」と身を捩って肩を見せた。シノの右肩に与一にぶたれた跡がアザになって残っていた。与一がシノを見ているのを無視して、シノは湯舟に入ろうとした。与一の顔の前にシノの体はあった。与一がシノの股に手を触れようとして、シノに手を払われた。与一はまたシノの顔を見あげた。シノは湯舟に入った。「入らんの？

入らなんだらええんよ」シノはそう言った。与一は立ちあがり、わざとらしくシノの顔先に勃起した性器をつき出して湯舟に入る。「なんや、こんなもの」とシノはその性器をはたいた。

与一はわらった。機嫌を取り直したように湯に体をつけ、二人が入ったためにこぼれる湯がもったいないというように、すぐ立ちあがった。シノの体を起しあげた。シノを抱きかかえる具合に、シノを左手で支え、右手で乳房をつかんだ。シノの口に与一の舌が割って入った。立ったままで性器をシノの体に入れようとして、シノが暴れた。シノは「いや」と与一の体を振りほどこうとした。シノはしゃがみ込んだ。「いっつもみたいにせなんだらいや」

「難儀なことを言うな」与一は言った。

「わたしがきたないと言うんか」シノは言った。「みんなしたのに。カツジかてなあそんなふうにしたに」

シノがそう言うと、与一はいまはじめて自分がシノの二倍ほど体が大きく力のある者だと気づいたと、いきなり「つべこべぬかすな」とシノの髪をつかみ、起しあげようとした。シノの腕をつかみ、シノを抱きあげた。シノは両手両足をふって暴れた。シノは木のスノコの上に放り投げられるように落とされ、かぶさった与一の体の重みに一瞬息がつまった。シノの足は壁に着き、与一の体が股の間に割ってはいっても暴れた。シノは嚙みついた。爪をたてた。与一は性器を深くシノの体に入れた。シノはまるではじめての時のように痛みに呻き、与一の肩を思いっ切り嚙んだ。与一は髪をひっぱってシノの歯をひきはがそうとして、木のスノコにごつんごつん、うちつけた。与一はケモノのように尻を振り立て、シノはその度に痛みに呻いた。自分がケモノに裂かれ、ケモノに殺される、とシノは思い、声をはり上げた。与一はその口に唇を重ねた。舌を入れたら舌を嚙み切ってやる。シノの耳を与一は歯で軽く嚙み、「カツジとこんな事したんか」と喉で潰れた小声で言った。シノはその与一の声を聴き、カツジと絶対、こんな事をしてやると思い、与一が尻を振り立てる度に痛みではなく、快楽の為に声をあげた。シノは体が水のようなものに溶けていく気がした。シノは自分がケモノの与一に角で突かれる度に、ひとつひとつ徐々に水のようなものに溶け、自由になる気がした。

シノが川向うの洗い張り屋に出した着物を取って橋を渡り切ろうとした時、その男は居た。その男はいつぞやと同じように川をのぞき込んでいた。シノはその男の横を通り過ぎる時、身震いした。家へ着くと、キミヱが縁側にぽつんと坐っていた。「仕事早引けしたんかいの？」とシノは訊いた。キミヱはシノにそう言われ、ふと我に帰ったように、「風邪ひいたんかしてなんど体がだるて」と言った。

奥から与一の母親が「だるかったら日輪様に上げてる水でも飲んどきと言うとるに」と言った。

「そんなん迷信やよ」キミヱは言った。

「迷信やと言っとる。バチ当り娘は」

シノはかまちに上り、下駄をそろえて置きながら言った。「何にも知らんで。与一かてこのごろ、仕事へ行く時、三杯は飲む。風呂へ入って外から洗うんと、体の内から水のんでよごれを外に出すんとどっちが綺麗になるか、銀行へ行っとる者が分るはずやに」シノはそう言い、「なあ、母さん」と母親に相槌を求めた。ジンゾウが昔から悪かった母親は、以前と変らず色は黒くむくんでみえた。体毒がたまり過ぎている、とシノに言ったことがあった。

「色が白いと思て安心しとっても、色んな毒があるんやから」シノは言った。タツヲが眼をさまして独り言を言っていた。「ああ、家へ帰った。むこうへ行っても、なんやしらん落ちつかん。イライラしっぱなしや。欲のつっ張った者ばっかしおって、人の話をまじめにきかんし」

シノはタツヲに乳をやる前に水を四杯飲んだ。タツヲは乳首にすぐ吸いついた。海の音が聴えた。タツヲの強く吸う唇の動きを感じながら、家の廻りをその海が取り囲んでいる気がした。西向は絶えず海の音がした。長兄の雑貨屋が海から離れているわけではないのに、そこと西向では同じ古座でも随分違った。海の音はこのごろ、シノを安堵させた。自分がどこにいて、今何をやっているか、海が浜に寄せ返す音ではっきりと知ることが出来た。嘘をついても、海の音はシノを見透していた。それはシノだけではなく与一も、与一の母親もキミヱも、西向の者はみなそうかもしれなかった。海の前にはちっぽけな古座にすぎなかった。海のなにもかも一切合財を呑み込んでしまう力の前では、人間などちっぽけなものにすぎなかった。絶えず海はその音で人を威嚇していた。絶えず心を見せろ、嘘をつくな、と言っていた。

「母さんの言うとおりに、日輪様の水飲んで、眠っといたらどうやの」

シノがそう言うとキミヱは、「うん」と相槌だけを打った。キミヱは「なんかムカムカする」と首を振る。母親とシノは同時にキミヱの顔を見た。

シノがそのキミヱを裏に呼び出して訊いたのだった。キミヱは外水道の脇にしゃがみ込み、生唾を吐きながらしばらく生理がないと言った。「風邪をひいとるんかもわからんに」とキミヱは言い、誰の子だと問うシノの言葉を外した。シノはそのしゃがんだキミヱを見ながら妊娠しているという事より、キミヱにだまされ、男を知らない生娘だと思っていた事に腹が立った。乳房も乳首も誰か男の手が嬲ったのだった。男に体を開いて、男の子種を受け入れたのだった。シノはそのキミヱが憎たらしいと思った。

「誰の子や？」シノは訊いた。

嫁のおまえが何を騒ぐのだと言うように、キミヱは、こっこっこっと声を出して小屋の鷹を呼んだ。

キミヱはまた生唾を吐いた。

「ええ加減にみんなをだましてたんやな。どこでその体毒のような子を孕んだんや?」シノが言うと、「風邪やにい」と言い、立ちあがった。

シノはそのキミヱの眼が日を受けて光っているのを見た。

シノがキミヱのことを妊娠していると言っても、与一は信用しなかった。「自分で確めてみいや、後で、十八の嫁入りもせん娘が、子種を孕んどると分ったら、物わらいの種になるのは、おまえじゃから」とシノが言って、やっと与一は、キミヱに「妊娠しとるのかい?」と訊いた。

「風邪やにい」とキミヱは答えた。

シノはその与一をふがいないと思った。気味の悪い一家だと、シノは、ジンゾウ病で体毒のために黒ずんだ母親と、子供を孕んでいないとシラを切りつづけるキミヱを見て思った。三人が三人共、ケモノじみて見えた。シノには自分の生んだタツヲさえ人間の血は流れていないように思えた。

その夜も、タツヲを横の子供蒲団に寝かして、シノは眠った。タツヲは腹がくちくなったのに、いつまでも、乳房をいやいや吸っている、はやく乳首を口から離さなくては噛まれると思い、タツヲを払った。そして目覚め、それがタツヲでなく与一であるのに気づいた。「いや」とシノは与一の頭を突っぱねた。与一のぬめぬめした舌は、すぐ顔に触れた。与一は素裸でシノの蒲団にもぐり込んでいたのだった。シノは与一が随分長い間そうやって眠り込んだシノの乳首を吸い、なめまわしたのだ、と与一の舌を顔を左右に振って避けながら思った。自分の体が与一の性器に開かれているのがわかった。与一は眠っているシノが目をさますことがないよう、自分の体を自分で支え、ゆっくりと尻を動かし乳房を舌で嬲って反応を楽しんでいたのだった。与一はシノが目をさましたのを知ると、はばかることがないと尻を強く振った。シノは声をあげた。襖の隣に与一の母親がいた。シノは声を噛んだ。シノは自分がケモノたちのもてあそび者として家に閉じ込められている、と思った。

与一は終ってからもシノをぬるぬるした舌でなめまわした。「悪かったに」と耳元で言い、闇の中でシノに罪のつぐないをするように唇をつけた。しばらくはシノも、与一がやりたいように腰さえ上げてやった。腹から胸に這い上ってくる唇と舌に気づき、ふとシノは鳥肌が立った。「ええかげんにさらせ」シノは言い、与一を突きとばし、立ち上った。

シノは素裸だった。便所へ行こうと思った。いや、水を飲みたかった。シノは襖の向うで動く気配がするのを感じ、ケモノらめと思った。いきおいよくシノは襖をあけた。母親は仏壇すれすれに頭を寄せて蒲団を敷いて寝ていた。シノは素裸のままその十畳を横切り便所に入った。便所のドアをあけたまま陶器に激しく音させて小便した。台所の流しに行って、地面の下の水を汲み上げるモーターの音を耳にしながら蛇口に口をつけて水を飲んだ。シノの背後で動くものがある気がし振り返って眼をこらした。寝息の音さえ聴えなかった。シノは水を飲み、外を見た。そしてふと思いついた。十畳の間を通り抜けて寝ていた蒲団にもどり、寝巻を取った。

川にはシノは素裸のまま入った。シノは水にもぐった。その古座川の水はシノの肌に刺すように痛かったが、たちまち肌は熱くなった。一切が綺麗になる、とシノは思った。シノは水の中で子供の頃、三人の兄たちと一緒にそうやったように抜き手を切って泳いだ。シノは平泳ぎをした。自分の開く股の間から水がシノの体の中に入り込む気がした。シノの呼吸の音と足と手がつくる水音だけがあった。シノは水に自分は完全に溶けたと思った。シノは水から上った。川原に置いてあった寝巻で、ぬれた髪をぬぐった。海からの風が冷たかった。その寝巻を肌につけた。シノは、自分を今、西向の者が見たなら気がふれたと言うと思った。

家はシノが出た時のままだった。

シノが体をふるわせ蒲団にもぐり込むと、「どこへ行てたんじゃ」と圧し殺した声で与一は言った。「寒そうにガタガタふるて」

「どこへ行こと勝手やわ」

シノが言うと与一は蒲団をあけ、まだ素裸のまま、「こっちへ来いや、おれの体抱いとったら温もるからに」と言った。「要らんわ」とシノは歯をふるわせながら言った。「こっちへ来てくれんかいよ」与一は言い、シノの手をつかんだ。シノはその手を払った。「そんなに簡単に触るな。穢らわしい」シノは言った。「せっかく浄めて来たんじゃのに、触られたら気色悪い。今日限りやからよう覚えとき、人を自分らと一緒やと思うでないに、穢らわしい」

透明な光がシノの家の前の木に当っていた。与一が土方装束に身をつつみ、仕事に出てしばらくしてからシノはその朝の日が当る縁側に鏡台を出した。化粧をしようと思い、鏡に映った顔をみた。自分が白粉をつけなくとも充分白く、紅をつけなくとも唇が赫いのを知った。寝不足の為か眼尻やまぶたが紅をつけたように赫かった。それでシノは化粧するのを止めた。

母親とキミヱは黙っていた。シノの眼から自分の姿をかくそうとするように、てんでに自分の仕事にかまけた。キミヱがけだるげに蒲団を裏に一枚ずつ運び日に乾す。シノはそのキミヱも夜、シノの気配をうかがい息を殺していたと思った。シノ一人、日に当って、坐っていた。母親は家の中のかたづけが終ると、「キミヱ、外もホウキではいとけよ」と言い、台所に茣蓙を敷いた。藁草履を編みはじめた。皺が寄り固い足の指に叩いて柔かくした藁を器用にはさみ、またたく間に草履の形をつくった。鼻緒の部分には端切れを巻き込んだ。シノは身を屈めてその母親のつくる草履の鼻緒が、ことごとく黒白なのに気づいた。「赤いのはつくらんのかいよ」とシノは言った。

「こうしてようけつくったに」と母親はシノの声を聞き違えて答えた。「昔は一つ幾らじゃったか、十円にもならんじゃったけど。これで救かったんみたいなもんやに。患うて薬買う金も、与一の小遣いもこれで出来たんやのに」母親の声はシノには、その屈めた背骨から出た気がした。肥っているのではなくたるんでいるのだった。「あれらの父親が、キミヱが出来てタツヲぐらいの時に、この川奥の山で死んどるからに。鉱山の発破あびて」母親は顔をあげた。眼を細めてシノをみて、顔をしかめた。「山ばっかりじゃきに、吹きとんだ五体さがすのに苦労したて、鉱山の者が言うてた。与一が二、三年前そこの飯場へ行って、猟師にあの鷹の雛もろて来たに。猿が走り廻っとるとこじゃから、と言うとった」

玄関を外用の竹ホウキで掃いていたキミヱが、「すぐそこの崖の山にも猿が出たと言うてたに」と口をはさんだ。

「どこの山や?」シノが訊いた。

「西向の裏の」

「山ばっかしじゃから」そう母親は溜め息をついた。母親はまた黒くむくんだ顔を伏せ、身を屈め、足の親指に藁をくるくるとかける。たちまち草履をつくる。まるでシノの心に命令されでもしたように、鼻緒に赤の端布れを巻いた。それから、その草履を手に取って母親は眺め、「こんなん、もう磯釣りをするしか用のないもんやけど、赤いさか姉、履いてくれんかいの」と言った。「昔は、こんな赤い草履でも履いたんやが、キミヱ産んだ頃から、ジンゾウ悪りてよう浜へも行かなんだ。西向の女ごら地曳網に出ても、わしは水ばっかし飲んで」

「体毒がたまとるんやに」シノが言った。

「こうして草履つくっとっても、日輪様に、体毒が外へ出て、どうか長生きできますようにと祈っとるの。キミヱが嫁入るまで。水で浄めなんだら体毒が体にまわって一日も生きておれんのに、日輪様に祈って生きとるんやに」母親はそう言い、胸の中からおりたたんだ半紙を取り出した。黒ずんだ手でこれをあけ、額に押しいただいた。立ちあがり、シノの前に立ち、「今度、一緒に与一も連れて日輪様に行て、もろてもらおと思て。欲が深いかも分らんけど、一つ持っとるよりも三つ四つ持っとる方が、御利益あって楽になると思てに」

シノはその小さな紫の布に金で押した花の絵のついた本をひらいた。〈たかまがはらにひがさし、ひがみち、ひがかたまり〉と平仮名の字が読めた。

「日輪様に参らんならんような体毒はないけどな」シノはその本を額に頂き、母親に返した。シノの言葉に母親の顔がくもるのが分った。「どうせこの家に嫁いだんやから、みんなの為に日輪様に参ったるに。水も飲んだるに。四人で飲んだら一遍によけい楽になるからに」シノはそう言って立ちあがった。赤い鼻緒がシノの声を明るくしていた。「水を飲んだるに、母さんの体毒も与一の体毒も流したるに」

シノはそう言って流しに歩いた。蛇口をひらき、まず自分一人、水を飲んだ。シノは自分が水と同じように肌が透きとおり、自分が水と変らなくなったと思った。キミヱは外からシノを見ていた。母親だけではなく、キミヱにも体毒がある。「キミヱ」とシノはその体毒の者を呼んだ。キミヱは「いや」と言った。体毒が体の中で血と混りあい、びくびくと魚のようにうごき、そう叫ばすと思った。「そんなことじゃなおらんがに」シノは言った。「そんなことじゃ、においもとれん。穢れもとれん」シノは言い、その体毒の者、体毒の腹から産まれた体毒の者、体毒の腹の子、その腹の子の体毒の者のためにと蛇口に口をつけ、水を飲んだ。息が苦しかった。与一の母親は「おおきに、おおきにい」とそのシノを見て、涙を流してすらいた。シノは透明なグラスに水をついだ。藁草履をつくるために敷いた莫蓙の上に坐った母親に、「わたしが日輪様やと思て、水を飲みなあれ」とグラスをささげ持ったまま言った。「おおきに、おおきに」と母親は言った。母親は草履の藁を足にはさんで坐ったまま、猿のような皺の寄った指でそのグラスを取ろうとした。はしたないと思い、「あかん」と言った。「わたしが飲ましたるわ」と言い、行儀の悪い体毒の者の髪をワシづかみにしたい衝動をこらえながら、シノはグラスから水をこぼさないように前にしゃがんだ。

シノは母親の作った赤い鼻緒の藁草履をはいてみた。そしてふと思いついてそのまま、空にある日に誘われ、耳にこもる海の音に誘われるまま、西向の道を通り、海の方へ抜ける道を歩いた。途中、青年会館の横に、さびついたポンプの共同井戸があるのを知った。シノはそのポンプを圧してみた。ポンプはキイキイと音がするが、弁が壊れてもいなかった。だが水が出なかった。

海が鳴っていた。鳶が空を幾羽も舞っていた。

シノは浜に降りた。海は日を浴び、底がスリバチ型になっているために、大きな波が立った。波は壁のようにつっ立ち、シノの前で崩れる。シノはいつか西向を廻っていた念仏の者の鼓の音が川に消えたのを思い出し、ふっとその音が海の音の隙間から、とんとん、とんとん、と立ち現われてくる気がした。西向は海の音に包まれ、海と川に二方を囲まれている。山はすぐ裏から続いていた。海の波に襲われれば、ひとたまりもないところだった。

夜から雨になり、海の音はいっそう激しくひびいた。その夜、シノは与一と同じ部屋に寝たくなかった。「襖の向こうに母さんと並んで寝たらええやないに」シノはそう言った。シノは与一と同じ部屋に寝れば、また与一が悪さをする、水で浄め、水に溶け、水から上った自分が与一の体毒の腹に産れたケモノに穢される、と思った。与一に穢されるのを嫌いではなかった。ケモノを嫌いではなかった。だが今は耐えられなかった。海の音が閉め切った雨戸を通しても大きな音で耳にとどいた。

「昔みたいに寝たらええやないの」

そうシノに言われ与一は隣の部屋で寝た。

雨にあおられ風がそそのかし海は荒れていた。シノは眠れなかった。海の水はあふれた。川の水もあふれた。シノは西向があふれた水で洗われると思った。ちょうど与一の飼っていた禽鳥をシノが、小屋ごと水洗いしたようにだった。それは体毒の者のせいだった。体毒の者が自分を浄める事をせず、穢れたままでいるためだった。シノは、与一とキミヱを浄めてやる、と思った。そう思うと、穢れがまんならない気がし、シノは蒲団から声を殺して与一を呼んだ。与一は眠り込んでいた。シノは襖をあけた。シノは起きあがり、眠り込んだ与一の頭を屈んでつついた。乳のにおいがした。シノは自分までが穢れのようなにおいをたてるはめになったと、与一の耳をつかみ、「起きんか」と声を殺して言った。シノの体の中でざわめいているものがあった。

「水飲め」

与一はけげんな顔をした。シノはその与一の顔に、ふと自分が与一を起したのは、ケモノに穢されたかったのだという気がし、シノは声を殺してくつくつとわらった。与一は素直に従った。水を何杯もシノにつがれるままに飲み、それからシノに体をくっつけ、水を飲めとシノが言う事が、夫婦のみだらな遊びだというように、口移しに飲ませてくれ、と言った。シノは口移しに飲ませた。水がシノの体でぬくもり、体に沁み込みやすくなる、と思った。家が呼吸していた。その与一をシノは抱いてやった。襖はあけっぱなしだった。シノには与一は水を飲み、水に溶け、海に溶け、耳をつんざくように鳴っている海そのものだった。シノは声をあげた。与一はシノを好きだと言いつづけた。

シノがそのすすり泣きを耳にしたのは、与一が果てた後だった。その声はキミヱの四畳半の部屋からきこえた。

「なんや、あの体毒の子は」

シノはそう言い、与一の脚を蹴った。与一は「痛いなあ」と間のびした声で言った。その間のびした声が与一の体にまた体毒がもどって来た気がし、シノはその声にまた蹴った。「どこぞで犬みたいに孕んで来て、気色の悪り」シノはキミヱに生娘だとだまされていたことを想い出した。「母さんが病気悪りさか、日輪様の水をもらいに皆んな行くというのもいやと言うし、水飲んで母さんをたすけたろと言うのもいややと言う。水を飲むのが毒を飲むことみたいにいやと言う」

「よっしゃ」と与一が言った。「おれが明日にでも言うて、叱って、飲むようにしたる」

「自分と自分の母親のことやのに。ジンゾウで苦しんでる母さん明日にでも死んでもかまんと言うのかいね」

「明日にでも言う。どついても飲ましたる」

シノは体を与一が手で嬲るままにさせた。シノは与一に体を開きながら、橋に立っていた男がいま自分を犯していると思った。いや、男ではなく、それは海だった。海が津波となって自分を呑み込む。

次の日もその次の日も雨は止まなかった。海は一層激しく鳴った。家は雨戸を閉め切り、内側から錠をかっていた。シノは家の中で気が滅入り、その度に水を飲み、与一にも母親にも飲ませた。与一は水を飲まないというキミヱをぶった。与一はシノのかん高い声でどなられるのががまんならないように、キミヱをぶち、そしてキミヱが腹をかかえ、「妊娠しとるんやのにい」と言う声をきいて、人が変ったように自分から「この女は」とぶった。

最初、母親が許しを乞うたが、シノの「体毒が廻り切ってしもたらどうする」という声に、後は何も言わなくなった。穢れは雨風を屋根でよけるこの家に蔓延しているのだった。シノはその母親に、日輪様の御言葉をとなえつづけていろと言った。与一には、キミヱを素裸にしろと言った。与一はキミヱの衣服を憎々しげにひきちぎり、「誰にそんなにされたんや、誰に」と言った。与一は涙さえながしていた。「カツジや」とシノは言った。「おまえの朋輩や」キミヱは違う、違うと首を振った。シノはキミヱの裸を見て、自分も素裸になった。与一にも裸になれと命じた。シノは裸になったケモノの与一にキミヱを犯せ、と言った。与一は出来ないと言った。シノは庭に下り、キミヱが庭に置いたままの竹ホウキを取り、その先で思いっきり打った。キミヱをケモノの与一が犯せないのなら、ケモノのキミヱを竹ホウキで打てと言った。打て、打て、とシノは叫んだ。

与一はそのシノの声にそそのかされ、キミヱを打ちすえた。母親はもぞもぞと御言葉をとなえ、涙を目いっぱいに浮かべ、シノの裸を見て、あわてて眼を伏せた。シノは二十一歳だった。体に傷ひとつなかった。母親のひざもとに寝かされひっくり返されたカニのように手足を動かしているタツヲを産んだが、妊娠線もついていなかった。

キミヱは竹ホウキの跡をつけてぐったりと横になりそれでも眼だけはあけていた。シノはそのキミヱに口移しに水を飲ませた。キミヱは水をシノの口から子供が乳を吸うように飲んだ。与一がそれを見ていた。シノはその素裸の与一をいきなり平手で打った。竹ホウキを与一の手から取り上げ、あおむけに寝かせ、腹、胸、性器を竹ホウキで打った。水を飲み、また与一を打った。

ケモノめ、ケモノめとシノは叫んだ。

シノはそう打つたびに、与一の体も性器も大きくなっていく気がし、自分が起きあがったケモノに犯される気がした。雨の音がしていた。海の音がしていた。海の水が脹れ上り、壁のように立つのが分った。シノは与一の顔を足で踏んだ。

（「すばる」昭和五十二年二月、原題「連作長篇I　古座　紀伊物語」）

鬼

海水浴場に面したその臨海ホテルの壁が白く光る頃から、山に囲まれた家は急速に冷え込んだ。冬の頃なら十時、夏なら正午を二十分過ぎて、家はいつも山の日陰になった。家のすぐ裏は露出した岩肌だった。そこから、夏も冬も、秋も春も、水気を含んで濡れ、海からの風が絶えるたびに冷えた空気を那智の山の方から送り込んできた。湿った岩肌にはこけが一面に生えていた。その岩肌に咲いたつつじを取りに道ふしんに来ている者の一人が、岩場にのぼった。キヨは見ていた。家から三十メートルほど先の、浜からの道をふしんしている現場から、頭にタオルをまいた男が「もうちょっとや」という声をかけた。男は足をこけですべらせて落ちた。足腰を地面でしたたかに打ちつけたが、その頑丈な男は怪我をしなかった。男は白い歯を見せ、「おお、畏わ」とキヨを見てわらった。

「痛なかったかん?」と思わずキヨは訊いた。男は打ちつけた脚をさすりながら「平気、平気」と言い、キヨの家の前の道ふしんたちがたいている火の方へもどっていった。道ふしんの男たちはわらいさんざめいていた。キヨは、ふん、と鼻を鳴らし、それから犬の方へ歩き、尻尾を振る犬を抱きあげた。犬はここ半年の間にめっきり大きく重くなり、キヨの手に余る勢いだった。白い毛の犬は、キヨに抱きあげられるのが面倒でたまらないと顔をそむけた。

キヨは犬を置いて家に入った。キヨが駅四つむこうの新宮から連れてきた武は、キヨの弟、富一郎と一緒に遅い朝飯を食っていた。キヨは玄関の土間で手をはたき、服の胸をはらい、「富一郎、あいつ重なったねえ」と男のように言った。富一郎は、キヨの顔も見ないでうなずいた。武が富一郎の代りに顔をあげ、「犬かい？」と訊いた。キヨはうなずいた。キヨは武の顔を見、その武が、新宮で見るより、一層荒くれた感じに見えた。実際武は荒くれ者だった。馬喰をしている武に連れられ、一度キヨは手伝っている新宮の叔母の洋服屋を一日休んで、川奥の村へ行った事があった。村のはずれの小山を牧場にして小牛を放し飼いにし、成牛は屋根つきの牛舎の中にいた。武は、キヨの前に立って、どんどん先に歩いて行った。成牛の牛舎に入り、「おおい、おるかあい」と武は鼻面をつき出す牛の頭をぽんぽんたたきながら呼んだ。牛舎は牛の糞尿のため、眼がちかちかし、キヨは頭が痛くなった。キヨは牛の頭を武にまねてぽんぽんとたたいた。牛は大きな黒眼をむけて、キヨを視た。牛の眼にキヨの顔と牛舎と空が映っていた。牛はキヨの手に短いつのをこすりつけ、手をなめた。

「おう、気色悪りないんじゃな」武がキヨを見て言い、「そのうち、いまの嫁追い出して、おまえを嫁にしたるわよ」とわらった。キヨは、「あほらしい」と言い、武の代りに牛の顔を突きとばした。

牛舎の中には牛はたくさんいた。黒い毛に糞がくっついているのも見た。牛は一様に柵にくくりつけられ、紐には長短があった。立っているのも、床に坐り込んでいるのもいた。牛舎の牛のすべてが、武ではなく、キヨを見ている気がした。

武のたずねる相手はいないらしかった。それで、武は、小山の斜面を利用した放し飼いの柵を越えた。キヨに抱いて越えさせてやろうか、と武は言ったが、キヨは「要らん」とことわり、スカートがめくれ上がらないように注意しながら、鉄棒のように柵を越えた。武はそのキヨを見て、「むらむらするわい」とからかった。武は、また草が生えたばかりの山の斜面を歩き、小牛の群に近づき、その一頭を後からいきなり抱きあげた。四本の脚をふり腕の中で跳ねる小牛を二度三度あげおろしして、まだまだじゃ、とつぶやいた。馬喰は昔から小牛を計る時はそうやった、と武は言った。悪《わる》の者は、育ちのよくない小牛を持って行き、そうやって計り較べ、肥った小牛とすり替えたのだった。その時、牛舎の後の小山から長靴の男が大声を出して二言三言言い、それから武が柵を越えてやって来る長靴の男の方へ走り寄り、たちまち喧嘩になった。長靴男を殴り倒すと武はキヨに、「逃げるど」とどなった。

後で、武はキヨに、「小牛をすり替えたのは俺じゃ」と言った。武はキヨを見て、わらった。

「あの犬も、あんたに計ってもろたらええ」

「犬をかい」武は言った。「犬を計ってどうするんじゃよ。肉にもならんものを」

「なんなん」とキヨは、細い白い毛を胸からつかみながら、かまちに腰かけた。「うちを小牛みたいに、計ったのは何やの」

武はわらい、「あれか」と言った。

キヨはその武のわらい顔が、今さいぜん裏の岩肌にのぼりかけた道ふしんの男の笑《えみ》にどことなく似ている気がした。一週間ほど前から、その道ふしんは行われていた。キヨが那智の駅前に母と姉夫婦が出した土産物屋に顔を出そうと家を出るたびに、「どこへ行くんない？」とか「歩いて行くんやったら、ついて行ったろかい」と、男たちは口々に言った。わざとらしく、まだ風が吹けばたちまち気温の下がる季節なのに、裸になって、スコップで土をすくい、つるはしで土を掘っている者もいた。武を連れて来たのは、その男たちへのあてこすりだった。武は飯を食い終り、茶を飲んでいた。

「また火たいとるの」とキヨは言った。

「昨日、学校から帰った時、ぼくに当っていけと言うたよ」富一郎は言った。

「どこそから石油カン持ってきて、このあたりや、家かたまっとる方にまで木端ひろいに来て、ぼんぼん燃やしとるの。恐ろしなってきて」キヨは言った。武はわらった。キヨはその武のわらいが、喧嘩早く荒くれの者に似合わない明るい顔にさせるのを見て、ふっと、牛の大きな眼に映った空を想い出した。武は、「おまえが何言うんじゃ」と立ちあがった。大きな体の男だ、と今さらキヨは思った。「いっつも男に、ここまで来てみ、と誘っとる具合やのに」武はそう言って、かまちに横ずわりになっているキヨの頭をこづいた。キヨは富一郎が見ているのを知りながら、ふっと笑をつくった。「それでも、うちは恐いんやのに。五人も六人も、女一人と弟一人だけ住んどる家の周りでワイワイされて」「ぼくはおそろしない」と富一郎は言った。「あの兄さん、今度、そこの山でメジロをつかまえたると言うたよ」富一郎はキヨを見た。キヨは武を連れて来た事を富一郎が非難しているのだとわかった。「ふん」とキヨは富一郎を見た。「おまえ、そんな事言うて、恐ないんやったら、この家へ一人で残りや。うちだけ、浜の土産物屋に行くか、新宮へ行くさか」キヨは腹が立った。姉の佳代が病気のために母親は半年前から駅前に行き、富一郎は、駅前で犬を飼うところがないという単純な理由で、家から姉夫婦や母親たちの住む駅前に行く事を渋ったのだった。キヨは、富一郎と犬の為、朝の十一時になると、日が射さなくなる山に取り囲まれた家に寝起きしなければならなかった。二十五になる姉の佳代は、そのキヨの不満をきいて「ええわ、キヨちゃん」とノロノロした口調で言った。「あんた、家にちょっとおっておとなしいにしといたらええんよ。どうせ、駅前へ来てもまた悶着おこすんやし。うちの主人も変な事言われたらまた迷惑するわ。日が射さんと言うても、家一歩出たら、日があふれとるんやから」

富一郎が外へ行ってから、キヨは武と一緒に外へ出た。武は、「風が吹いとるんじゃね」とキヨの肩に手を置いた。「おれみたいにあっちもこっちも、馬喰やら山林ブローカーやら分からん事をやって歩き廻っとっても、知らんとこ有るもんじゃ」と武は言い、それから、家のすぐ前の道を掘り返している者らを見た。キヨはその六人の道ふしんの者らが、体の大きな武を見るのを見ていた。石油カンの中で火が燃えていた。石油カンのそばで先ほどの岩場に登ろうとした男がつっ立っていた。キヨはその男に見られ、武をそばに置き、自分が日を浴びて光っている気がした。男にむかうとも誰にむかうともなしに、キヨは笑をつくった。浜からの風が、道ふしんの男たちの向うにもある山に当り、光が跳ねていた。

「あの人らや、家の周りで騒々するの」

キヨは武をけしかけるように言った。武は「そうかい」と相槌を打っただけで、興味がないと言うように眼をそらした。犬が家の玄関先で、鎖につながれたことに不満だというように、寝そべっていた。武は、その犬を見て、「紀州犬じゃな」と言い、身を屈め、「こい、こい」と呼んだ。犬は起きあがり、尻尾を振った。

「富一郎が仔犬の時にもろて来たの」

　キヨがそう言うと、武は犬の両脚を持ち、耳をとがらせ眼のやり場に困るという犬の腹から小さな赤い乳首をさぐりだし、指でつまんで、それから手を離した。そして後向かせ、尻尾を手でつかみ、上にあげて見つめ「桃色じゃ、もうちょっとじゃ」と言った。

「もうちょっとすると、オンが、追い払ろても追い払ろてもかなわんぐらいついて廻るようになる」そして、立ち上がり、キヨの尻を手で押さえた。キヨは体が赧らむのを感じた。キヨは、身をよじり、それから道ふしんの者らをみた。一瞬、道ふしんの男らが、キヨの噂をしているのを想い、声を耳に聴き、「アホらし」と武の手を払った。道ふしんの者らが、どこからそこへ働きに来ているのか、キヨは知らなかったが、オンじゃわい、オンしか用ないんじゃわい、とキヨを見、噂している気がした。白い犬は、武の顔を見て、尻尾を振っていた。キヨはその白い犬が自分と同じ人間の女であるような気がした。

　武は人間でないような気がした。昨夜も、そして今も、それは感じた。キヨは襖を閉め、障子を閉めてもまだどこかに隙間があるらしく、冷えた風が入って来るのを感じ、武の手によって一枚一枚服を脱がされながら、武が人間ではないという気がした。キヨはパンティだけの裸で、武がその何頭も何匹もケモノの類を触った手で両の乳房をつかみ、もみしだくのを視ていた。武が指をふれた途端から、キヨの小さな桃色の乳首はむくむくと張ったのだった。その乳首を武は口に含み、厚い舌で押し、ゆさぶり、つつんだ。キヨは裸に、どこにあいているのか見当のつかない隙間から、海から吹き上り、山に当り、山に生えた木々の下の陰で冷やされ、岩場をつたっておりてくる風を感じた。キヨの皮膚が鳥肌立ち、武がつかんだ腰、背中、武が口に含んだ乳首だけが温かく甘いのを知った。キヨは武にパンティをはずされ、素裸のまま立ってみろと言われた。武は裸だった。最初、両の乳房を片手で押さえ、もう一方で前を押さえた。眼を閉じた。キヨは自分を見ているのが武一人ではなく、白い犬や、道ふしんの者や、それから隙間から誰かが見ている気がした。「手とってみいや」武は言った。

「みんな見とる気して。のぞきに来たりするんよ」キヨは言った。

「かまん、かまん。見とってもかまん」

キヨは武の言葉にわらった。いつか、近所の若い男が、キヨの家をのぞいていた事があった。その時も、その男ではなくキヨが、男しか用のない女だと言われ噂された。キヨは手をはなした。「きれいなもんじゃ」と武は言い、それからキヨを抱きあげ蒲団に放り投げるようにおろした。武はキヨの足を犬にやるように持ち上げ、そのまま重なろうとした。「いや」と言った。足を振った。キヨは武を嫌いではなかったが、武が犬のように自分をあつかうと思い、暴れ、手で肩を押さえつけようとする武の肩を嚙んだ。途端思いっきり武はキヨを張った。瞬間、キヨは肩を嚙んだ歯に力を入れた。武の肩の肉が裂け、血が出た。武の性器はキヨの中に入っていた。キヨは逃げる術もなかった。「この女《あま》」とうめき声が、重なった腹から伝わり、武は、キヨの髪を両の手でわしづかみにし、蒲団の上に何度も何度も叩きつけ、それからまだ痛みがとれないというようにキヨの首を両の手で締めた。息がつまり、キヨは血が一斉に頭にかけ上がって、苦しさのため体がけいれんしはじめるのを知った。武はふっと手をはなした。ことんと体のどこかで音が立ち、その音の方にむかって自分が落ちながら、武の性器が動いているのを感じた。キヨは幾つも幾つも自分が破れ、その破れ穴に向って自分の力が集まり、全身が固くなっていった。体の周りはちりちりと肌を刺す山からの冷気だった。キヨは武にすりより、自分が鋭い石の固まりになり切り、もうそれ以上、先はなかった。キヨは吹きこぼれるようにして涙を流し泣いた。武が射精したのはすぐ後だった。しばらくして武は身を離した。

「まだしてもええんよ」とキヨは笑をつくって言った。

「しんどいんじゃ」と武は言い、キヨを突きとばすように身をよけた。むらむらとキヨは腹だった。「なんや、人を痛いめに合わせて」キヨは言った。「人がやさしいに言うたったらこう言う」

横になったまま、キヨはそう言い、武が裸のまま立って、煙草に火をつけ、そして急に今気がついたと言うように、「春じゃというのに、寒い家じゃ」と壁や襖を見まわすのを見ていた。武は障子戸をあけた。キヨの眼に山の岩肌が見えた。キヨは武にではなくその岩肌を露出した山に、自分の秘部を見られたように思い、ふっと羞かしくなった。「なあ」とキヨはまた自分の羞かしさをとりつくろうように裸の武を見て、つくった甘い声を出した。「那智の山さんに見られてはずかしから又、今みたいにしょうれよ」「見てみ、血が出とる」武は肩を見せた。「意気地ない事言わんと」キヨがそう言うと武は「なあ」とキヨはまた鼻を鳴らした。「それに死んだらえらいことじゃ」「おまえに踏んだり蹴ったりのめにあうんと一緒じゃ」と言い、ゆっくりとキヨの前に歩いてくる。武は横になったキヨの前に、性器を見せたまま立ちふさがった。

キヨが風呂に入り体を洗ったのは、まだ昼を二時間過ぎたばかりだった。風呂槽は、父親が生きている時のままなので、木の蓋は朽ちかかり、すこしずつ水がもった。のぞいている者がいる気がした。キヨは風呂場から武を呼んだ。「入らんの?」と訊いたが、武は「しんどて、めんどくさい」と答えた。キヨは一人でくすくすわらった。「疲れがとれるから、なあきれいに洗ったるから」キヨは言い、それから湯に体を沈めた。そうやっていると自分の体に湯が入り込み、湯の中に武の精液が溶け出し、自分が体の中から元の生娘の自分に戻るのだった。キヨはのぞいている者がいるなら、生娘に変るその姿を見せてやりたかった。キヨは湯の中で、武の牛や馬や犬をなぶった指で触れた体の隅々を、タオルでぬぐった。そうする事でまたキヨの肌は、一度も男が触れた事のない生娘の肌になった。

　湯から上り服をつけたキヨを、武はけげんな顔で見ていた。

「なんやの？　なんどうちについてるん？」

「いや」と武は首を振った。武は立ちあがり、バンドをしめ、それからキヨの肩に手を置き、耳に口を近づけて「えらい女子じゃ」と息を吹きかけて言った。「つくづくわしも感心したわよ」武はそう言い、手を離し、それから寒いと身震いした。身をすくめる武を見てまたキヨは武の大きな体をかきいだいてもいいと思った。そう思うのは武がその話をしたからかもしれない、とキヨは思った。牛舎から引き出されて売られて行く牛が、あらん限りの声でモーモーと鳴く。武を見ていると、牛のように見えた。

　富一郎が外からもどって来たのは武が服をつけ終えて、すぐだった。富一郎はキヨの顔を見て、「なんな家を閉め切って」と大人のように言った。

「寒いんよ」キヨは弁解した。それからあわてて富一郎の注意をそらすように「いままでどこをうろついてたん？」と言った。「昼御飯時に帰らなんだら、姉ちゃん知らんよ。あんたの母親とうちは違うんやから」キヨはそう言い、冷気のため色が青黒く見える武に、「なあ」と相槌を求めた。「駅前の、店手伝うんや、病気の世話するんやと言うても、あんたとこの家見棄てて外へ行っとる具合なんやから。お母ちゃんもオンがなかったら生きていけへんのやろな」キヨはわらった。

「うるさいなあ」と富一郎は言った。その顔を見てキヨは富一郎が、眉毛が太く、写真の父親によく似ているのに気づいた。父親はキヨが十歳、富一郎が生れたばかりの頃に、死んでいた。キヨは時々、富一郎が子供の背丈のくせに、大人のように物を考え、大人のように物をしゃべると思う事があった。背は十歳なのに極端に低かった。その事も、富一郎がキヨに教えたのだった。一度、富一郎の前で、「なんでここだけ日が当らんのやろ」とつぶやくと、富一郎は、「何にも知らんのか、ここは元々、日が当っとったけど山が動いたんじゃ」と言った。冗談だとキヨがわらって、「何が動いてもかまんけど、日が当らんし夏でもゾーっとする冷たさやさかイヤやな」と言うと、「レイキがでとるからや」と言った。冷気ではなく霊気だと富一郎は言った。キヨが何でそんな事を知っているのかと問うと、漫画の本に出ていたと答え、それでキヨは安堵したのだった。確かに冷気ではなく、霊気がその岩肌の露出した山から出ている気もした。今も山の冷気が家をつつんでいた。いや、キヨの周りをつつんでいた。

富一郎はキヨのつくった飯を食った。不意に顔をあげ、キヨを見た。

「あの兄さん、さっきぼくに暇になったら、犬小屋もつくったると言うてくれたよ」

「あの火たいとる兄さんか?」キヨは訊いた。

「それから、川のそばのオイさんも、ぼくを見て、仔犬つくるのに、ええオンを貸したろかと言うて」

武はその富一郎の言葉にわらい、「オンはもう間に合うとるさか、と言うたれ」と言った。富一郎はけげんな顔をした。それから話の意味を分ったように、わらった。キヨはそのわらい顔を見て、腹が立った。キヨは富一郎が自分の弟でなかったら、気色が悪く一緒に暮らしもしないし、話もしないだろうと思った。ふと、キヨは、先ほど湯に入ったキヨを誰かがのぞいていた気がしたのだった。頭が痛かった。

キヨが富一郎を母親の家へ連れて行ったのは、もう一泊するという武のために食糧を買いがてらだった。富一郎は武が泊ると言うと、「浜の家へ行く」と言い張った。それはキヨにも幸いだと思った。富一郎は口をへの字に曲げて今にも泣きそうな顔のまま武とキヨにはさまれて、教科書の入った鞄を持って歩いた。「いややで、また」キヨは言った。「むこうへ行って、うちの事、嘘ついてしゃべったら。このお兄ちゃんは用心に来てもろとるんやから」

「嘘をつけ」と武が言う。キヨは武の尻を思いっきり、つねった。武は「痛い」と言わなかった。「ほんまの事言うてもかまんけど、どうせうちはオンなしにすごせへんが、なんせ結婚前の女やから」キヨは大社の方からの道に抜けられる田圃の道を歩いた。海から上った日がようやく幾つも重なった山の方にかかっていた。山々は日を受けて眠っているように見えた。

キヨはその男に体をひらいたのは、武に不満があったからではないし、ましてや、その男に無理矢理に手籠めにされたのではなかった。それははっきりとキヨの体をつつんだ山からの冷気のせいだった。武が二日、キヨの家へ泊り、翌日、朝早く、どうしても新宮へもどり熊野川奥へ牛を見に行かなければならない、と帰った。キヨは引きとめられなかった腹立ちまぎれに、「元々、あんたの妾でもないのんやから、うちがさびしいから別の人を連れて来ても、怒らんといてな」と言った。武は、いかにも馬喰の荒くれ者だと「おうさ」と答え、「兄弟になるんじゃから仲良うにしょうらいと言うてくれんかい」と言った。

武が帰ってから、頭の芯に山からの水気を含んだ冷たい風が山鳴りの音と共にゆっくり岩肌を伝って下りてきて、直接触れるような痛みを感じていたのだった。キヨは二十歳だった。更年期障害でも、生理痛でもなかった。生理は月の末にきちんとあった。それで、冷気のせいだ、山のせいだ、と思い、キヨは一眠りして独りで勝浦のスナックへでも遊びに行こうと、思いついて山の方にむけて手を合わせ、それから眠ったのだった。白い犬が、山の中を走り廻っている夢を見たのだった。頭がじんじんと鳴り、ふっと眼ざめると、その男がキヨの顔を見ていた。男はキヨが眼ざめたと分ると「あの大きな男、一人で出て行たし、玄関あけっぱなしやし、てっきり殺されとると思た」と言った。キヨが声を出そうと思うと、口を手でふさぎ、「なんにもせん、なんにもせん」と言い、それからキヨの体の上にのしかかり、「タノム、タノム」と耳にささやいた。耳に声がこもり、それで力が抜けていくのが分った。

男はあわただしくズボンを下ろした。

「タノム、タノム」と男は言った。せわしなく体を動かし、キヨが声をもらす暇もなく果て、またせわしなくズボンをはき、「夜、ゆっくり」と言って、玄関の方へ走り、「ここじゃあ」と自分の名を呼ばれてでもいたかのように外にむかって声をあげた。キヨは、蒲団に入ったまま、その男のあわてた姿がおかしく、声を立ててわらった。夢のような気がした。いや、夢でそんな夢を見た。キヨは白い犬だった。周りを取り囲んだ何頭もの犬に、何度も何度も気の遠くなるほど挑まれ、呻いたが、最後、白い犬の桃色の性器を皆がなめた。キヨはのろのろと起きあがった。白い犬が開け放った玄関に立って、キヨを見て尻尾を振っているのを見、「あんたかん、悪さをするの」とキヨは語りかけたのだった。「悪さをしてもしょうないのに」それからキヨは犬が人間の言葉を理解できるように話している自分に気づいて驚いたのだった。キヨは台所に行った。喜んで尻尾を振る犬に「ほら食べよ」と飯に、汁をかけた餌をやった。

餌を食べている犬の背を手で撫ぜ、首輪が首に窮屈げなのに気づき、一つ穴を外にずらしてやろうと思った。一旦、首から首輪をはずし、楽になったと首を振る犬を見て、キヨは富一郎の居ない時ははずしておいてやろうと思った。

「どこへ行くんない?」とキヨを見た道ふしんの者らが仕事の手を休め、キヨに声を掛けた。いつもならうつむき、息をつめて通り過ぎようとするところだった。だが、今日は違った。キヨは立ちどまり、石油カンにたいた火の方へ歩き、「大変やねえ」と男にむかってわらいかけた。男らはキヨに当らんかい、と体をあけた。男は、キヨにどう話してよいのか分らないらしく、気弱げな笑を浮かべ、「さっきは、水をおおきに」と言った。すかさず四十過ぎの男が、「なにが水ない」と言った。一斉に声を立ててわらった。「若後家の火を消しに水をかけに行ったんかい」「若後家?」とキヨが訊いた。男らのわらいにつられ、キヨは声が高くなるのを知った。「アホらし事を言わんといてよ、なんでうちが後家さんよ」キヨは言い、富一郎が子供だと思われているのだろうかとおかしかった。「妾か」言い直す声に、「なんでうちが後家や妾になったりせんならんの」と言った。

石油カンの横に転したドラムカンにはコールタールが入っているらしかった。キヨは石油カンの火に手をかざした。火はキヨの手をなめようと上にあがった。キヨは手を返した。それからふと男をからかってみたくなり、「母さんもきょうだいもあの家へ住まんさか、うち一人なんよ」と言った。「うち一人であの家へ住んどるさか、なんやしらんこわいの」

「男がかい？」とその男の横の、やせた男が言った。

「男？」とキヨは笑をふくみ、そのやせぎすを見た。「それも何でかしらんこわいけどよ」キヨは道ふしんの男たちが自分を見ているのを感じながら、ゆっくりと眼をふせる。火のけむりが眼にしみ、涙がまつげにくっつくのを知った。「なんやしらん山に抱きかかえられとるあの家にいたら、山に圧しつぶされそうな気して。一人や二人、力の強いもんおってもかなわせんよ」キヨはため息をついた。そしてキヨは一どきに皆で家に遊びに来てくれと言おうとして、ふと自分がとんでもない淫らな事を言い出そうとするように思えて止めた。男らはいつか見た牛のように一斉にキヨを見る。キヨはそう思った。キヨは幾つものケモノに映った自分の姿を見る。キヨは、そしてふと自分が道ふしんの者らにまじって何を話していたのだろうかと思ったのだった。そこから山そばにくっついたキヨの家と、日のよく当る畑をへだてて七軒家が固まっているのが見えた。七軒の家の固まり共、山そばにあったが、陰になってはいなかった。

キヨが大社からの道にある雑貨屋で食料品を買い込み、家にもどると、犬はいなかった。キヨは呼んだ。キヨは家の周りを呼んで廻り、ふとらちがあかないと、道ふしんの者らの方へ行った。やせぎすの男と、朝方家に入ってきた男が、「どした？」とキヨに訊いた。「犬が逃げてしもたん」とキヨは言った。自分の声が頭の天から出ているとキヨは思った。「さっき鎖はずしたんやけど」キヨは言い直した。

男は、「そのあたりにおったんと違うか？」と、七軒ほど日当りのよい家が固まった山の方を指した。そこから山へ登る道はあった。その道から岩肌の上にも、さらに行くと那智の大社の方にも抜けられた。ただ山は幾つもあった。「ちょっと捜したろかい？」と男は言い、「どうせ腹へらして戻ってくるんじゃろが」

「戻って来んよ」とキヨは言った。

「その辺りで、見たど」と道ふしんの男らの中で一等年老いた男が言った。

富一郎が泣いたり騒いだりすると、キヨは思った。道ふしんの男二人に家の南端から雑木の茂みの方を捜してもらい、キヨは一人、家が固まって立っている辺りを犬の名を呼びながら歩いた。「シロ、シロ」とキヨは呼んだ。日の当る家の縁側にいた女が、「犬かん？」と訊いた。「春になって、丁度うかれはじめる頃やさか」と女は言い、「姉さんの病気なおったかん？」と訊いた。キヨは答えなかった。キヨは女に知らんぷりをして、山への道を登った。

山の土を踏み固めた坂の両側に、よもぎが幾つも生え出していた。けばが銀色に光ったすすきの若葉もあった。土のにおいがした。山の草や樹の葉のにおいがした。キヨは、それがキヨの家を取り囲むようにある岩肌を露出させた山のにおいとは違い、乾き、さらさらしているのを知り、深く呼吸をした。日が自分の中に入り込む。丈の低い木と、草ばかりの道がつづき、そこからキヨは顔をあげた。いきなり杉ばかりの山が空をちぎり取るようにあった。それはキヨの家の裏山が、急にもりあがり、別の山に見えたにすぎなかった。灌木の中に出来た道の中を犬を呼びながら歩いた。

山のコの字型のちょうど真中に、キヨの家はあった。屋根だけが見えた。日が山に当り、さえぎられ、日陰のままだった。そこから真っすぐのところに臨海ホテルがあり、那智の浜の宮の海があった。入江になっている為、そこはこの近辺の海水浴場でもあった。そこからその昔、海の彼方をめざして舟を密封して出ていった。波があるのかどうかも分らないただ青い海だった。キヨはため息をついた。海の方も山の方も果てしがなかった。日が満遍なく当り、日がさえぎられると陰が出来、寒く、かじかみ、冷気が動き出すのだった。キヨの背の向うの山には那智の滝があり、大社があり、青岸渡寺があった。キヨはのしかかるように太く丈の高い杉が生えた山を背にし、腹のように呼吸する海を見ていた。キヨは、杉のように立ち、海のように呼吸していた。

富一郎が駅前から母親に連れられて家からもどって来たのは、三時を廻ったばかりだった。丁度、キヨは、犬を捜してもらった手前、道ふしんの者らを呼んでお茶を入れていた。男らは縁側に坐ったり、庭に立って茶を飲み、「別嬪さんが一人でさみしいじゃろ」とキヨをからかっていた。富一郎は家につくなり、「シロは？」と言った。最初はキヨは知らないと言い通し、あまりに富一郎がうるさいので、「鎖はずしたったら、こんな寒いとこイヤと言うて、山の中へ走り込んで行たわ。それで、この兄さんらに仕事そっちのけで捜してもろたん」と言った。

「鎖はずしたの、おまえか」

「はずしてくれと言うたんやもの」キヨが言うと、「犬が物言うものか」といきなり、小さな体でキヨにとびかかり、キヨの腹を足で蹴った。キヨがその足をつかもうとすると、富一郎は髪をつかんだ。「畜生、このチビ」とキヨは富一郎の手をねじり上げようとしたが、力は富一郎の方があった。「やめなあれ」と母親がどなった。富一郎は左手で髪を引っぱりながら、「くそ、このアホ」と唸り声を出して、キヨの顔面を思いっきり殴った。キヨは顔をあげて泣いた。「やめなあれ」と母親が言って、やっと富一郎は手を離した。「チビのくせに、チビのくせに」と泣いているキヨを、「おう、おう」とからかうように道ふしんの者らが言った。その男らに、「なんですか、あんたら。娘一人の家へ来て、むらがって。帰ってよ。気色の悪り」と母親が八つ当りのようにどなり、縁側の障子戸を閉めた。障子戸のむこうで「えらいおそろしババじゃね。それでこの家は評判悪いんじゃな」と声がし、母親はその声にむかって、「うるさい事言うとったら警察呼ぶよ」と言った。

キヨは鼻の奥から熱いものが流れ出してくるのを知り、あわてて手で鼻腔をつまみ、顔をあげた。案の定、血だった。「なんやの、あんたは」と母親は言った。「長患いをやっとるさか、わたしが駅前の店手伝て、看病に行くと、また今度はこの家に男を連れ込んだの。それも富一郎が起きとる前から、男と乳くり合うたの」

「のぞいとったのは富一郎や」

「わざとこれみよがしに乳くり合うたの？」

「ふん」とキヨは言った。「嘘つきの富一郎の話ばっかし信用して。チビのくせにマセとるんや、こいつは。風呂に入っても、大っきなった、大っきなった、見て、見て、とうちに言うんや」

「嘘言え」と富一郎は言った。「自分やないか、風呂に一緒に入ろうと言うて」富一郎はそう言って坐り込んだキヨの尻を足で蹴った。キヨは鼻をつまんだまま、「いっつもうちの乳をまじないやと言うてさわらなんだら寝んとおこるんやのに」と言った。富一郎は「嘘をつくな」とまた尻を蹴った。キヨは母親の顔を見た。母親はキヨに似ている、とよく人は言った。眼が大きかった。かんがきつそうだった。キヨが十六の頃、一度母親と一緒に風呂に入り、体を洗っている母親に湯槽の中で立って話をしていて、ふっとキヨの体の張り具合に気づいたと言うように母親は見つめた。母親ののばした手で乳房を思いっきりつかまれた事があった。

「富一郎の世話ら、うちはしたないわ」キヨは眼に涙がこぼれた。

「それで犬を逃がしたの」

「うちかてこんな家にいたないわ」

「ちょっとの辛抱やないの。姉やんの病気なおったら、わたしかてこの家へもどってきて、ここで暮せるんやないの」母親は声を落とした。「そら富一郎養わんならんさか、お父さんの残してくれた畑も売らんならんかも分らんし、また働かんならんけど。よう分らんなんだら」

母親は富一郎を残して駅前に帰り、「なんや、駅前に男がおるのに」とキヨは独りごちた。キヨは富一郎が勉強部屋に入るのを見て、一人、縁側の部屋に入った。家が生きている物のように思えた。キヨはこの家に生れ、この家で育ったが、家の壁、柱、鴨居が、自分と同じように呼吸をし、自分と一緒に快楽の声をあげる生き物のように見えた。キヨは、この家で、母親がキヨを孕んだ時、どんな声を上げたのだろうかと思った。キヨは暗くなっても、富一郎のために飯の仕度をしてやらなかった。キヨはうずくまっていた。日が幾つもの山のむこうに落ち込み、急に冷気が家の周りにやってくる。日は毎日毎日、海から空に昇り、昼を照らし、山に沈むのだった。日は全てを照らす。キヨは涙が出た。手も足も山から岩肌を伝ってやってくる冷気の為、かじかみ、キヨは自分の涙が氷の粒になったと思った。そして、不意におかしくなった。くすくすとわらった。キヨは起きあがり、電燈をつけた。

「富一郎」とキヨは呼んだ。「なんや」と勉強部屋から声がした。「機嫌なおしに姉ちゃん風呂に入るから、おまえも一緒に入る？　昨日の兄さんのように体大っきなるよ」アホは、と言う富一郎の声がした。

男は家が寒いと言った。「なにを言うとるの、これくらい」と言い、キヨは裏の硝子窓をあけ、あぐらをかいて坐った男を、わざとらしく「なあ、あんた、あのつつじとろとしたんやなあ」と呼んだ。男はキヨの体を後から抱きかかえるようにして窓の外をのぞき込み、「あの岩つるつる濡れてすべる」と言った。キヨは岩場が家の窓からもれ出た光でこけが黄金に光っているのを見た。岩場の上は昼間キヨが立った灌木の茂みだった。浜から吹きつける風が山にあたり、茂みに下りて来て耳をそばだてると、ゆっくり梢を鳴らす風の音がきこえた。その音を耳にし、硝子窓を閉めた。男はキヨを硝子窓を背に立たせて、口づけをした。キヨの舌を吸った。キヨの舌は男の舌に誘われ、動いた。キヨは、男に裸にされながら、自分が今まで一度も日をあびたことのない岩場の穴、茂みの奥にかくれた動物のような気がし、キヨの唇に割って入った男の舌をたたき、舌をこすりながら、このまま歯を立て、嚙み切ってやろうか、と思った。男は舌を離し、耳をなめた。キヨは男が逃げ出したと思い、立ったまま乳房をもみしだかれながらわらった。背骨を皮膚が鳥肌立っていた。キヨは、男の指の皮の剛い手を取り、背中に廻させた。手はなぞった。キヨは立ったまま、男が腹を厚い唇で吸うのを上から見おろしながら、男の皮の張った額と短い頭髪を指で触ってみた。突起が額の骨にあると思った。キヨはそれを知り、男がそのうち、キヨの体をひらき牛の本性を顕わす気がし、ふっと身震いした。牛でも犬でもよい。キヨは顔を腹にうずめ、キヨの陰毛を口に含み、苦しげに股間にたどりつこうとする男を、武が小牛をはかる時のように抱きあげ頬ずりしてやりたかった。いや、キヨが男に、けっしてケモノの類ではないがケモノがケモノにやるように抱きあげられ、頬ずりされたかった。いや、キヨははっきりケモノだった。キヨは男が、自分を壊れ物でも嬲るように扱うのを知り、らちがあかないと男を押し倒し、服を脱がせ、上にまたがった。男はキヨを上に乗せたまま、足指を口にふくんだ。

雨戸を閉めていないのは硝子窓だけだった。キヨは、雨戸のむこう側に、沢山の者が自分の姿を見ている気がした。雨戸のむこうに、男どもが群れている。この家は山にさえぎられて月さえ照らさなかった。キヨは電燈の灯りで、桃色に染った乳首に男の指が触れればいい、と内側から張ってくる痛みのようなものと、吸われ噛まれるその甘い痛みと、男の性器がつくり出す振動の酔いのようなものが、つながればいいと思った。男は、キヨの顔を見て、「もっとか」ときくように顔をつくった。キヨが声をあげ、支えをほしいために胸に手をつくと、脳の一部分が欠損したようにわらった。ケモノめ、ケモノめ、とキヨは心の中でつぶやいた。

男は果てた後、キヨに「涙流しとったな」と言った。

「知らん」とキヨは言い、後を向いた。男はそのキヨに被さるように体をくっつけ、手を前にまわし、キヨの陰毛を撫ぜた。

蒲団に入っているのに、キヨは寒かった。肌がジンジンと鳴っている気がした。冷気が、キヨの体の周りをまた取り囲んでいた。

キヨは、男の性器がじょじょにふくれ上がるのを知った。男の指がキヨの体をひらきなぶりはじめる。キヨは身をゆすった。「なあ」とキヨは言った。「うち、イヤラシのかなあ」とキヨは言った。男はキヨの言葉に答えず、横臥したまま、後からキヨの体の中に性器を入れようとし、うまく入らないと、乱暴にキヨの首筋を圧さえ押し、キヨはくの字に寝たままでさせられた。キヨは痛みを感じ、声をあげた。

「乱暴にせんといて」と言った。ふっとキヨは下腹部に力を入れ、男の性器が体の奥深くまで入るようにますます身をかがめながら、男が家に居ついてくれないものだろうか、と思った。何故なのか分らなかった。涙が出た。家が、ゆっくりと、動いていると思った。

次の朝、一等初めに眼を覚ましたのは、キヨだった。男はキヨの蒲団の中で、素裸のまま口をあけて寝ていた。しばらくそのまま寝かせてやろうと思い、音をさせないように雨戸をあけた。外から、朝の日が入ってきた。キヨは、何度も何度もキヨに挑みかかったため疲れて正体なく眠り込んだ男を見ていた。両手共、軽くにぎっていた。蒲団から上半身がはみ出していた。脇の毛がふさふさと生えていた。赤銅色の腹が見え、左脚はまっすぐに、右脚はくの字に曲げていた。性器は勃起していた。日の中で見ると気色悪かった。勉強部屋から富一郎が眼をこすりながら、やってき、物を言いそうになったので、黙れとキヨは指を口にあてた。富一郎は男を見て、口を手でおおった。キヨは富一郎を左手で払い、男の頭を狙い定めて思いっきり蹴った。男ははね起きた。そのままどこへでも逃げ出せる体勢で、マシラのようにあたりを見廻した。富一郎はわらい入った。

「なにがおかしいんじゃ」男は憮然とした口調だった。

「日があふれとるよ」キヨはぶっきらぼうに言った。服をつかんで渡した。「なんや、その格好」

「仕事に行かいでもええんか」富一郎は男が衣服をつけるのを見ながら言った。「こんなに天気やのに、今日は道なおしたりするの休みかん」富一郎にそう訊かれ、男は「行く、行く」と答えた。「えらい夜と朝の変り様じゃ」男は独りごちた。服をつけた姿を見ても、キヨは男が気色悪かった。茶を飲む姿は、人間のようにふるまう芸当をしこまれた猿だった。猿は山のいたるところにいた。イノシシ、シカ、カモシカ、ウサギそんなものに山に入った者はよく出くわした。駅のそばの寺に狸が顔を出したと、この間も聴いた。

男が帰り、富一郎が学校に行き、キヨは日の当るうちに炊事、洗濯、掃除、一切合財をやっておこうと働いた。それからキヨは日の当る縁側に坐り、モード雑誌を読んだ。家が日を受け、ゆっくりと呼吸をしている気がした。耳をすますと、自分の呼吸音に合わせて音がきこえた。母親がこの家へもどると、キヨは、今一度、新宮の叔母の洋服店で働き、洋裁をならい、将来、若い娘向きの店を持つかまえだった。息苦しかった。ふと顔をあげ、庭を見た。犬が寝そべっていた。あれ、とキヨは思い、あわててサンダルをつっかけ、外に出た。白い犬は寝そべったまま首をあげ、尻尾をふった。キヨは犬の背中を撫ぜた。

「どしたん？」とキヨは訊いた。「どこへ行てたん？」キヨは訊いた。腹が減って舞い戻ったとキヨは思い、犬に餌をやろうと家に入りかけて考え直した。餌は富一郎がやればよい。餌をやると犬はまた外へとびだすかもしれない。キヨはそう思って縁側に坐り、犬を呼んだ。犬を首を持ちあげ、寝そべったまま尻尾だけ振った。その犬が立ち上がったのは、朝、帰った男が道ふしんの作業着姿で、ヤカンを持ってやってきたからだった。裸よりり、作業着姿の方がずっと男ぶりがよく見えた。「戻ってきたんじゃな」と男はわらいをつくって言った。

「腹減って、家おもいだしたんやろ」キヨは言った。

「腹減らんでも、おもいだす者もあるけど」と言い、ヤカンを差し上げ「水入れてくれんかい」と言った。キヨはヤカンを受け取った。流しに歩いた。水道の蛇口をあけ、流れ出す水をヤカンに受けながら、ふと思いついた。ヤカンにくんだ水をあけた。それから流しの横の風呂場に入り、湯槽の蓋をあげた。キヨと富一郎の二人がつかった湯は、どこに穴があいているのか分らないがトロリトロリともれて、底の方にしかなかった。キヨはその湯槽の水を、手桶を取って汲み、朽ちた蓋の木屑を手でとりのぞいて、ヤカンの中に入れた。出しっぱなしだった水道の水は止めた。

キヨがそのヤカンをはい、と渡すと、男は、「このあたりはえらいケチクソな家ばっかりじゃ」と言った。水をもらいに行くと、どこの家も「あの陰の家でもらたらええのに」と言って、キヨの家でもらえと言った。男は「ここだけじゃ、なあ、姐さん」と言った。キヨは、内心で、ふん、と思ったが、こぼれるような笑をつくり、それから眼を伏せ、男の作業服のへそのあたりを見た。日陰にいるだけで、オンじゃ、オンレイ、レイキじゃと言いくさって。キヨはつぶやいた。

臨海ホテルに日が跳ね、また日が陰って、キヨは思いついて化粧した。紅を唇にぬり、白粉をはたいた。それだけで充分だった。どこへ行く訳でもなかった。新宮へ行くのも勝浦へ出るのもめんどうくさすぎた。キヨは、それでも流行のブーツをはき、桃色のパンツをはき、上にセーターをきた。男物の薄い白のマフラーを首に結んだ。ブーツのかかとが高いため、随分背が伸びた気がした。家を出ようとすると、犬がキヨに美しくなったと合図するように尻尾を振った。

日を受けて固まって立っている家の方に女が二人、キヨを見ていた。マフラーのはしを肩ではねあげ、キヨは、犬を呼ぶために口笛を吹いた。

犬はキヨのかすれた口笛を耳にすると、家の庭から跳ぶように走り寄り、キヨの足元で尻尾を振った。道ふしんの者らが、キヨを見て「おう」と口々に声を出した。男が、スコップを持ったまま、「見違えるね」と言った。「姐さん、どこへ行くんない？」男はキヨに訊ねた。キヨは、男に答える代りに笑をつくった。石油カンの中に火がたかれていた。炎が石油カンの口からつっ立ち、それを見ているキヨの頰を赫くした。キヨは頰のほてりを感じながら自分を奇麗だと思った。キヨの顔を見とれている男に「なあ、もうお茶飲んだ？」と訊いた。「お昼にお茶わかしたりたいと思たが、外へ行くんでアカン。明日、わかしたるからな」

キヨは道を折れ、大社からの道に出、まっすぐ駅前に出た。駅の左から三つめの土産物売り屋が、キヨの姉佳代夫婦の出した店だった。キヨが店の中に入ると、母親は客と間違えて声をかけ、「ああ、キヨか、どうしたの？」とおとなしい声を出した。「犬見つかったよ」とキヨは言った。「そのあたりについて来とる」キヨの話を聴き、母親は「ええ？」と驚いた。「なんでつかまえたらんの、富一郎、喜ぶのに」「うち、知らんよ、犬の事は」キヨは言った。「どこにおるの？」母親はそう言い、土産物屋の外に出、「シロ、シロ」と呼んで廻り、それから「来た、来た」と言った。キヨはその声の方をのぞいた。四匹、犬がいた。三匹が白い犬の周りにいた。白い犬は三匹の犬に尻をかがれていた。母親がシ、シ、と手を払うのに合わせて、白い犬は尻尾を振るが、母親がいくら呼んでも来なかった。一等体の大きな犬に後からのしかかられ、白い犬は尻もちをついた。白い犬は尻尾でかくし、横坐りになって拒んだ。一匹が吠え、後の二匹は順番をあらそうように互いに威嚇しあっていた。母親は近よれなかった。「キヨ、水を持て来て、水」と言った。キヨはゆっくりと歩いた。白い犬は立ち上がり、その上に大きな犬が乗った。「ああ」と母親は言い、振り返り「水は？」とキヨに言った。母親が自分で水を持って来た時は、二匹は交接り、尻と尻をむけ合っていた。

キヨは駅からトンネルをくぐって浜に出た。

波は静かだった。浜を歩いて、浜から一段高くなったところにある臨海ホテルに出た。日を浴びて建ったホテルの窓は、ことごとく破れていた。

風が変り雨が降り出したのは午後からだった。キヨは臨海ホテルの隣りのスナックから新宮に電話したが、武が立ち寄る先のどこへ電話しても、いないと言い、仕方なしに、そこから一直線に歩いて、山そばの家へもどった。キヨが家にたどりつくと武はいた。「どこへ行てきたんじゃ」と言った。キヨは武の顔を見て、ふっと雨に会ったのはこの男のせいだと、ムラムラと腹が立った。ブーツをぬいで家に上り、衣服を全部脱いだ。手が寒さでかじかみ、武にファスナーをはずさせ、ホックをはずさせた。「寒いから風呂焚いてよ」とキヨは言った。武は水を入れた。キヨはかたかた震えた。武は家の雨戸を締め、押し入れから蒲団を出し、敷いた。それからそうじゃ、そうじゃ、とはずみをつけて、風呂場に行き、火をつけた。「火つきの悪い風呂じゃ」と、武は言い、もどってきて、毛布にくるまった素裸のキヨを、赤子にやるように手でこすった。思いついたように武は、おれもぬぐわい、と服を取った。蒲団の中にもぐり込み、キヨの腹も背中も脚もこすった。「冷たいやろ」とキヨは武の股ぐらの中に足をつっ込んだ。背中を撫ぜている武の手を取って、乳房に当て、「なんか、ここが寒いから」とキヨは言った。

「山奥どうやった?」とキヨは訊いた。

「牧場の山ごと牛を買い取らんかと言うんじゃよ。アホな値段つけて」

「牛おったか?」「牛はあるわい」武はなにを訊くんだというように言った。

「山を下りて来る時、ちょっと空の具合おかしいと思たら、こうじゃ。雨ふったら、仕事にならん」

キヨは雨が、家をたたき、山をたたくのをきいていた。曇った空から雨は、海をたたき山をたたき、海と山にはさまれた那智をたたく。山に降った雨は、滝になって川に流れた。山の杉の葉、灌木の葉に雨は降り滴になって幾つも幾つも梢や幹を伝って、その下の草の葉に落ちる。葉を伝い、茎を伝い、地表に落ちて地面に沁みる。海の水が日に蒸され水蒸気になり、地面に落ち、岩肌をしめらせる水になっているのだった。キヨは、半分ほどの海と半分ほどの山、半分ほどの日、半分ほどの陰だ、と思った。武の股の間に両脚を入れ、キヨは武を上にさそった。武の腕にも何頭も小牛は抱かれたのだった。牛のにおいが胸にした。武の舌がキヨの口の中に入り、武の性器が、キヨの今温まった体の中に割って入ろうとした。水に濡れ、血の気が失せていたキヨの体は固かった。痛かった。キヨは武の舌に口を塞がれたまま、呻いた。呻き、つっ撥ねようとしたが、武は組み敷いたまま、離そうとしなかった。キヨは武の舌を噛んだ。今度は武が口をおさえ呻いた。

武の口から血が出ていた。キヨは、「ちぎれたん?」と訊いた。武は枕元のキヨの濡れた洋服の上に血がまじったつばを吐き、それからその濡れたシュミーズを口にまるめてつっ込み、血の出具合を見た。血は二カ所に固まってつき、にじんで広がった。

「たいしたことないやないの」

「この女」と武は言った。舌が痛みで動かず、オノアマときこえた。キヨはわらった。武はいきなり、キヨの頰を張った。キヨは、首を締められると思い、蒲団の外へとび出した。武が、「オイ、オイ」と手まねきした。キヨはその声にもくつくつわらい、武が蒲団に起きあがり、股をひらいて、シュミーズの先をまるめて口につっこみ、血を見ているのをわらった。グッグッと音がしていた。「人にまた血ィ出させくさって、この女」今度ははっきりきこえた。家が揺れている気がした。武が立ちあがり、勃起した性器を見せて歩き寄ってくるのを見て、キヨは、その音が、何なのか、どこからきこえるのか分った。キヨは笑を浮かべ、武を誘うように身を翻えして、風呂場に入った。「なあ、ここへおいでよ、ここでええことしょうれよ」と身震いしながらやさしい声で呼んだ。

（「すばる」昭和五十二年四月、原題「連作長篇Ⅱ　那智　紀伊物語」）

物語《おんな》としての男、物語《おとこ》としての女

解説

前田　塁

　本書『水の女』は一九七九年三月に、作品社からの単行本として刊行された。収められているのは五篇の短篇である。それぞれ初出とともに記せば、「赫髪」（「文藝」七八年五月号）、「水の女」（「文學界」七八年十一月号）、「かげろう」（「群像」七九年一月号）、「鷹を飼う家」（「すばる」七七年二月号）、「鬼」（「すばる」七七年四月号）。五篇はのちに集英社文庫に収められ（八二年十月）、今回が二度目の文庫化である。

＊＊＊

　小説を、とりわけ長篇や連作を読んでいると、ふと奇妙な感触（それは違和感と言ってもいい）の一文につきあたることがある。

　なにも名文美文、手の込んだレトリックや、クライマックスのカタルシス満載の一文に限らない。本筋とはまるで関係がなかったり唐突な飛躍が行われたり、あるいは幾多の名文名作を持つ小説家の手になるとは到底思えない崩れ方であったり……読み流していると見落としそうな、しかしいちど立ち止まってしまえば二度とそこを素通りして読めなくなってしまう一文が、ときに小説には隠れている。

そうしてその一行を「暗号鍵」のように携えて読み返せば、作品が、さっきまでとはまるで違った面持ちを見せることも珍しくない。中上健次の『水の女』にも、そんな一文があるのだった。

雨が降っていた。

雨戸を閉ざした窓の外に、雨でくっきりと紫色に変色した神社の岩とその後に続く山々が、随分近くに見えるはずだった。

広文はふと、山の方へ行って働く事はもうないだろうと思いつき、女が眼がさめるのを促すようにゆっくりと腰を動かしながら、女がこの家にいる間だけでも使えるように充芳からシャブを手に入れようと、また淫乱な考えがわいた。シャブは、女がそれを打つと腰が抜けるほど行くという覚醒剤だった。女が快楽の波から息を吐き返すように動きはじめたのを知り、自分が一本の性器そのものに変ってしまえばいいと、自分の体の中にたまった気を抜くだけのために思いっきり荒く強く腰を動かした。

外で、見つめている者が在る気がした。

（「かげろう」本書九二〜九三頁）

折り取った枝が樹にあったときの生彩を欠くように、断片として引用するといささか見えづらくなるけれど、本篇を既読の方には本解説の筆者同様に、右箇所を或る不穏の感触とともに読んだ記憶があるかもしれぬ。それがなければ、あるいは未読であれば、ぜひ該当の頁に戻り読んでから、もういちどこの解説に戻ってほしい。右の引用は、全部で五篇からなる本作品集の三篇目にあたる二六頁ほどの短篇の、結末部分に見つけることができるはずだ。

「かげろう」は、「路地で生れて路地で育って（……）都会で職に就きもどって来た」「路地に一人で家に住み、さして組で働く仕事を気に入っているとも思っていない」若衆・広文が、秋祭りの「御舟《みふね》漕ぎ」で彼の姿を見ていたという出戻りの「女」を口説き、「うち、もっと一緒にあんたとこんな事していたいんよ」という彼女と、降り続く雨のもと、家に籠もってひたすら交接を繰り返す話である。

中上健次作品の愛読者であれば、いかにも中上的な主人公に見えるかもしれない「かげろう」の主人公・広文は、しかし、よく読めば、多くが強気なあらくれのイメージのもとにある他作品の主人公たちに対して、いささか様相を異にしている。他作品の若衆同様、家では女をなかば犯すように嬲り、普段は「組」や飯場で働きながらも、広文は、青年団の会合では「子供のための行事を考え」「火の用心の巡回」もしようとし、路地の老婆たちが鉢に咲かす花を「斬って飾ろと思てたんよ」と言う女にむけては、（老婆たちに）「どやされる」と弱気に笑う。「どういう気持ちで自分とつきあい、家に泊っているのか、確たるものは何ひとつなかった」女に向けて「そのまま家にいてくれ、世帯を持とう」と頼み込んでも、「「そう言うてもらえてうれしいけど」と言って黙ったまま、世帯を持つとも持つ気もないとも答え」てもらえずに、「組にも行かせず、そうかと言って一稼ぎする為に山へ入る事もさせない」女の返事を待つようにしてただ過ごし、彼女が実家にいちど戻った折には雨の音を耳にしながら二日間ただ家で過ごすのだから、「かげろう」の広文は、なんとも受動的なのだ。

そんな広文が「女の為に」、つまりはその快楽で女をつなぎ止めようと（しかし「女がこの家にいる間だけでも使えるように」（傍点引用者）とやはりどこか心細げに）性交のための覚醒剤を手に入れることを心に決めるのが、右に引用した結末部分である。

だが。

本篇を通読された読者にはすでにお分かりだろうように、結末のあの一文、「外で、見つめている者が在る気がした」は、あまりにそこまでの本篇から浮いて見える。

主人公で語り手（視点を置かれた人物）でもある広文が、なにかの理由で（例えば女への執着ゆえに）神経症的な妄想を抱え、いつも誰かに見られていると感じる、などの伏線があるわけでもない。あるいは、家に閉じこもって一歩も出ず、屋内の空間と屋外とが異界のように描かれているわけでも（雨が降り続くことによって、たしかに女とふたりきりの空間である家と、出かけて出会う路地の若衆や親戚たちとの場面のあいだに、ある種の切断は行われているのだが）必ずしも、ない。もちろん、その一文が短篇の結びの文である以上、そのあと「見つめている者」とのやりとりが始まるわけでもない。

「かげろう」作中で宙に浮き、ほとんどただの思わせぶりにすら感じられるその文は、しかし、解説冒頭に述べたとおり、いちど目に入れば二度とそれを看過することのできない強さで、本書『水の女』に書き込まれてある。

あの一文は、いったい何を示さんとしているのか。作者・中上健次はあの一文になにを籠めたのか……私（たち）はそこを起点に、本書を読み返してゆくことになる。

＊＊＊

「外で、見つめている者が在る気がした。」

句読点を除けばわずか十六文字に収められた要素は、むろん決して多くない。「外」とはなんの外なのか、「在る気がした」主体は誰なのか、「見つめている」のは何をなのか。そこまでの文脈を信じて読めば「広文は、家の外で、自分たちを見つめている者が在る気がした」となるだろうにせよ、目的語はもちろん主語すらも省かれてある以上そのことすら定かではない一文の中心として、唯一揺るぎなく在るのは「見つめている」という行為だ。何をか、誰がか、どこでかわからなくとも、ただ「見つめる」という行為だけは、確かにそこにある。

ならば、本書において「見つめる」こと、ひいては「見る」ことはどう描かれてあるか――思考の手掛かりをそう手繰り寄せた私（たち）の前に浮かぶのは、『水の女』と名付けられた作品集の最初の一篇、「赫髪」における「見る」ことの推移である。

冒頭一段落目、作品は次のように始まっている。

女の髪は緋色でも金髪でもなかった。その髪は色艶が悪く髪そのものが人工のものに見えた。その赤みがかった黄色の髪は肌理の荒い肌の女によく似合った。色は白かっ

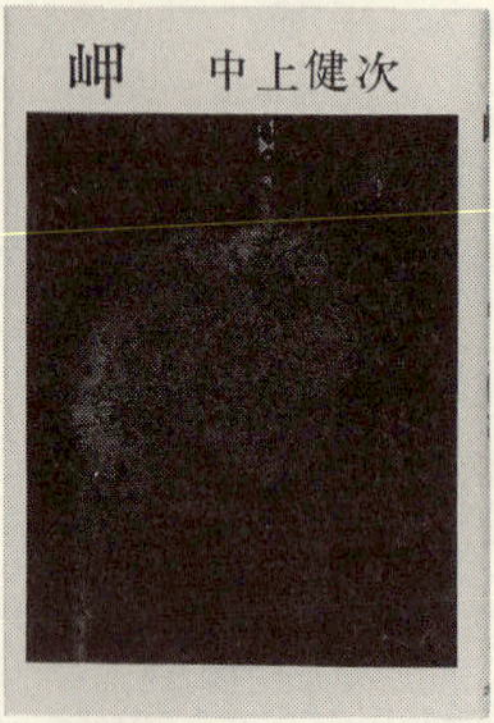

『岬』カバー
(昭51・2　文芸春秋)

『水の女』カバー
(昭54・3　作品社)

『鳳仙花』函
(昭55・1　作品社)

『奇蹟』函
(平元・4　朝日新聞社)

中上健次　1984年8月

た。だが元々色が白いのではなく、むかし日に焼けて黒かったのがいまは日に当る事などないために白く変色した、そうみえた。赤い髪の女はその髪をふり立てるようにゆっくりと口を動かして、飯を食った。シュミーズの下に何も着けていないために、もそもそと口を動かす度に体全体が動き、黒い乳首がシュミーズに映った。女は食っていた飯を呑み込んでからやっと気づいたのか「なにい?」と顔をあげて光造を見た。

(「赫髪」本書七頁、傍点引用者)

「見える(みえる)」ことと「見る」こと。右の冒頭段落ですでに象徴的に書き込まれた、能動と受動の別によって隔てられるふたつの所作は、以降、「赫髪」の全篇を貫いてゆくことになる。

文庫版で三二頁ほどのこの短篇において視点人物を務める「光造」に、能動としての「見る」が与えられるのは、場面が「家」の外に転換してからの二頁目。それも「光造も事故はよく見かけた」(傍点引用者)と、たまたまそこに行き合って目に入ったという偶然性を帯びている点では、なかば能動なかば受動であるような「見かけた」である。なおかつそれは「光造も」という複数性の、それも誰かに(この場面では同僚である「孝男」に)先を越されて追いかけるかたちの表現だ。

続いて「見る」が訪れるのは二箇所。ひとつは「孝男の笑で一本の線のようになった眼を見」る場面であり（本書一三頁）、いまひとつは「陰嚢を口に二つ共含み込もうとする」女の赤い髪を「一時見」る場面である（同一七頁）。

前者は、ダンプカーやブルドーザーの停まる事務所にあった主人公の意識を、一気に女との性交場面の回想へと飛躍させるスイッチとなる。後者は、「髪を赤く染めさせた夫」と女とのあいだに行われた性交を想像した主人公が、「自分の幼さに苦笑」することへの導入である。つまるところ、異なる場所や異なる時間（つまりは「異界」）を呼び込む行為であるそれらは、どちらもただ「見る」ことを許されていない。「見る」行為はいつでも導火線であり口火であり、「見る」ことによって何かが生じてしまうのだという能動性の認識が、そこにはすでに書きつけられている。だからこそ、前者で呼び込まれた回想のなかでも光造はやはり「見る」のだが、それは「窓に映った自分の顔」や「窓に自分の姿が映っているの」を見るのであって、そこにはなにかを発火させないための虚像《フィルター》としての窓=鏡がそっと差し込まれている。

ならば、「見る」ことによって最初に発火するものはなんなのか。一九八〇年代前半、つまりは中上健次がこの連作を書いた七八・七九年から地続きな時代に、いずれ「ニュー・アカデミズム」という括りで呼ばれることになる若手たちの幾人かは、「見ること／見られること」の能動性と受動性に着目することになる。尾行する探偵が角を曲がると追っていたはずの相手がじっとこちらを見ているように、あるいは村上春樹『1Q84』

（これも舞台は八〇年代前半だ）の観察者・牛河が、観察対象である「ふかえり」に、覗きカメラのレンズ越しにじっと見つめられるように、「見るもの」はつねに「見るもの」の姿を白日のもととし、「見られるもの」はいつでも相手を「見かえす」ことができる。その意味で「見ること」と「見られること」は、ちょうど先の光造がそうであるように、一対の関係としてあるのであって、「見る」ことはなにより最初にその関係性を始動させるのだ。

中上健次の「赫髪」あるいは『水の女』は（むろんすでにロラン・バルトらが論じていたとはいえ）、それを先取していたと言ってもよい。事実、先の光造の「窓に映った自分の顔を見」る行為に続けて、「赫髪」には次のような場面があって、そこでは「見る」者は見られ、「見られる」者は見ている、という能動と受動の循環がはっきりと書き込まれている。

或る日、仕事から帰った光造に女がその覚醒剤中毒の夫婦を見たと言った。赤い髪の女は洗濯物を窓のビニール紐に干していてふと下からじっと見ている人間がいるのに気づいて窓からのぞくと、やせぎすな女がじっと自分を見つめている。

（「赫髪」本書二一四〜二一五頁）

右のような中上健次の認識がよりはっきりとわかるのは、「赫髪」も終盤の、次に引用する記述であって、書名に書き込まれた「女＝水」の主題が明瞭に導入される本作最初の山場（本連作のタイトルともなった「水」の主題系については、中上健次全集第二巻月報の渡部直己による詳細な読解を参照されたい）において、「見る」ことは幾つもの様相に書き分けられるのだった。

光造は流しの蛇口にいま一度首を伸し、口いっぱい水をふくんで女が自分をみて眼がうるんでいるのを見ながら漱ぐふうに口を動かし、女の前に行った。女は笑わなかった。寝ている女を見下ろして、立った光造に真顔でのろのろと手を差し出し、光造が女をみつめたままなのをせかすように足首をつかんだ。光造はその女を視ながらしゃがみ、女の髪を生首だというように両手で持った。女は上半身をおこした。こぼれないように女に温もった水を口うつしした。女は喉の音を立てて飲んだ。温い水は唇からこぼれて女のあごを伝い喉首から乳房の谷間に流れた。（……）女の女陰は充分に濡れているのに勃起した性器は入れ難かった。女がその光造にじれたように体をのしかけて女陰に光造を入れ、いかにもむくつけのその姿を自分で確かめて光造の顔をみつめ、「さっき毒でも飲ますみたいにおそろし顔してた」と言う。

（「赫髪」本書二二一〜二二二頁）

右は、「蛇口」や「生首」までも巻き込んだ、「赫髪」あるいは『水の女』全篇に満ちる性交場面のうちでももっとも淫靡な場面のひとつと言える場面であるが、あの「鍵」を手にした私たちの目が止まるのはそうした表層的なエロティシズムではなく、「みる」というひとつの言葉が次々とその様態を書き換えられてゆくさまである。「みる」「見る」「見下ろす」「みつめる」「視る」……「見る／見られる」というかたちで、行為そのものとして両義的である「みる」ことが、もう何度目・何十度目かの性行為のさなか欲情したままの性器を晒しながらついさっきまで互いのそれを執拗にただ舐めあっていたふたつの口のあいだで遣り取りされる「水」のごとくに、書き換えられてゆくと――そこでは、首を伸ばして蛇口から水を直飲する光造はあたかも口淫する女のようであり、水を与えられて光造に「むくつけ」くのしかかる女はあたかも男のようである。

そう思ってその箇所をもう一度よく読み返せば、こんな一文が目にとまる。「寝ている女を見下ろして、立った光造に真顔でのろのろと手を差し出し、光造が女をみつめたままなのをせかすように足首をつかんだ」と、おそらくは「光造に」のあとにあるのが自然な最初の読点の位置が、わずか二文節前に動いているだけなのに、そこでは主語の混交が生じている。ここではすでにふたりはひとりであって、ウロボロスの蛇のように互いを飲み込み始めている。

混じり合う主体と客体、入れ替わるふたつの主語――そう記憶してあの奇怪な一文に戻った私（たち）の前には、すでに、異なる風景が広がるはずだ。

「外で、見つめている者が在る気がした」と、主語すら省かれて書きつけられた「かげろう」のその一文は、先にも記したとおり、ただ読めばその短篇の語り手である広文が「見つめている者が在る気がした」、ということになる。けれども、主体と客体が、あるいはふたつの主語が入れ替わりうるのであれば、そこで「気がする」ことができるのは、広文のみならず「女」であってもよい。いや、先に引用した「赫髪」の窓辺の情景を想起すれば、それはいっそ「女」が主語であるほうが潔いかもしれぬ。思えば、「赫髪」の女と「かげろう」の女、女はどちらも「女」とばかり書かれてあって、そのふたりが違う人間であるかどうかも定かでなどはないのだった。

＊＊＊

しかし／ならば、なぜ、中上健次はそのように奇妙な一文をあの箇所に書きつけたのか。

五つの短篇のちょうど真ん中の三篇目、本文全体で一七七頁ある本書『水の女』のほぼ折返点である九三頁になぜあの一文が書き込まれねばならなかったか……そう読んだときにあなたは、少し前に読み始めたこの解説の、いかにも文庫解説めいた凡庸な書き出しにかすかに感じた奇妙な感触（それは違和感と言ってもいい）を、思い出すかもしれない。収載順に並べられた五篇が、あの「かげろう」を境に、発表順と前後入れ換えられてあったことを。そこには中上健次のなんらかの意図があるはずだ。

　後から書かれて前に押し出された「赫髪」「水の女」の二篇と、先に書かれながらも後ろにまわされた「鷹を飼う家」「鬼」の二篇との、最大の違いがどこにあるのか。それは、本書を通読した者にはすでにあきらかなはずである。

　いずれも全篇で性交を描き、いずれも「水」（全集月報を参照すればそれにさらに「火」と「血」が加わる）をモチーフとした作品群ではあれ、前二篇と後二篇とでは、あまりに大きな違いがある。それは「主語（視点人物）が誰であるか／どの性であるか」であり、違う言い方をすれば、「「女」に名が与えられているか否か」だ。

「赫髪」と「水の女」の主要な登場人物としてある「女」は、どちらも名前を持たない。彼女たちはただ「赤い髪の女」であり、「その女」「富森の女」であった。けれども「鷹を飼う家」と「鬼」の女は、「シノ」であり「キヨ」であって、なにより作品の第一の主語、視点人物として描かれている。そこでの物語は前二篇とは違って、女たちを中心に動いてゆく。

「鷹を飼う家」のシノは、十九にして与一に嫁ぎ、いまは与一との間にもうけた子・タツヲ、与一の妹・キミヱ、そしてその母親と五人で暮らしている。こう書いた時点でわかるのは、作中「女」であるところの（つまり、男と交わり作品の中心をなす者としての）シノが語り手となり名前を持ったからといってすべての女に名前が与えられているわけではないことで、「母親」には（そして彼らの生活の焦点となっている「鷹」には）名前が与えられないままである。すでに右に記した通り、能動と受動、名前のあるなし（＝作品の語り手たりうるか否か）が、登場人物の存在を大きく左右する本連作において、名の与えられぬ彼女たちは、「かげろう」のあの一節で名前を手にして語り手となった「女」に抗うことなどできない。

一家の生活の中心であるかに見えた禽獣は彼女の手でしたたかに打ち据えられ、年長者であるはずの母親は「水を飲んだるに、母さんの体毒も与一の体毒も流したるに」と祭司がごとく振る舞うシノに「おおきに、おおきにい」と涙すら流すのだし、むろんそのときもシノは義母の名をいっさい呼ぼうとしない。

その作中でもうひとり、名を持つ女であったはずのキミヱもまた、「なんや、あの体毒の子は」と唆すシノの言葉にいきり立った与一によって「この女は」と名を奪われて打擲される（それは短篇冒頭で、たしかにシノに向けられていた呼び方だ）。ここではもはや、名を得た「シノ」こそが物語を統べており、彼女の中ではもはや与一も「シノは与一に体を開きながら、橋に立っていた男がいま自分を犯していると思った」ととうにただの「男」と繋がっている。その繋がりが、行きずりの「男」たちと情夫「武」のウェイトがもはや置き換わる連作最終篇「鬼」へと続いてゆくことは、言うまでもない。

キヨは武の舌を噛んだ。今度は武が口をおさえ呻いた。

武の口から血が出ていた。キヨは、「ちぎれたん?」と訊いた。武は枕元のキヨの濡れた洋服の上に血がまじったつばを吐き、それからその濡れたシュミーズを口にまるめてつっ込み、血の出具合を見た。血は二カ所に固まってつき、にじんで広がった。

「たいしたことないやないの」

「この女」と武は言った。舌が痛みで動かず、オノアマときこえた。キヨはわらった。

(……)グッグッと音がしていた。「人にまた血ィ出させくさって、この女」今度ははっきりきこえた。家が揺れている気がした。武が立ちあがり、勃起した性器を見せて歩き寄ってくるのを見て、キヨは、その音が、何なのか、どこからきこえるのか分った。キヨは笑を浮かべ、武を誘うように身を翻えして、風呂場に入った。「なあ、ここへおいでよ、ここでええことしょうれよ」と身震いしながらやさしい声で呼んだ。

(「鬼」本書一七六〜一七七頁)

右の引用は「鬼」のほぼ結部、つまり連作『水の女』全体の終局とも言える部分だが、こうして読めば、武がキヨに舌を嚙まれることは、ほとんど必然として立ち現れる。「かげろう」を転轍点に入れ替わった「語り手」の位置を護るため、彼女はその口に侵入してくる男の舌を嚙んで男から言葉を奪わずにはいないのだし、その行為は、彼女たちに幾度となく投げかけられた、「この女」と彼女たちを匿名化する蔑称を「オノアマ」と無効化するのだった。

むろんそうした「女」の抵抗に、「男」とてただ最後まで無抵抗なはずはなく、女のものであるはずの「シュミーズの先をまるめて口につっこ」むことによって男は再び関係の転倒を試み（「赫髪」の前半部で、赤い髪の女がこっそり「裸に光造の脱ぎ捨てたブリーフをまとって」いたのを知って狼狽する男の姿と、それはよく対照を成している）、「この女」の一言もこんどは「はっきりきこえ」るのだから、語り手としての権利をめぐる争い、自身は名を獲て相手をただの「男」あるいは「女」としようとする彼らの競り合いは、連作の終局に至っても終わることはない。

「赫髪」を原作とした映画『赫い髪の女』の監督であり、集英社文庫版の解説を書いた神代辰巳は本作について、「男達が女を漁るように、女達も男を漁る。五分五分のせめぎあいである」と書いた。まさに慧眼だが、それは物語内容の問題だけではないのだ。「かげろう」のあの転換を境にして、『水の女』という連作においては、男たちが物語《おんな》を語るように女たちも物語《おとこ》を語るのだ。ならば「五分五分のせめぎあい」は、たんに物語上での男女関係においてではなく、物語と文体と構造すべてを含んだ「小説」全体で起きているのだし、「女を語る男」と「男を語る女」の双方を自らの筆で書きつける「中上健次」の中でこそ、その「せめぎあい」は起きている。短篇「鬼」の結末部、つまりは連作『水の女』の結末部で聞こえる「グッグッ」という音、家が揺れているような感覚は、まさにそうしたせめぎあいの場である小説それ自体がたてる音であり、それを彼女——短篇の主人公であり、シノや名を奪われていた「女」たちの最終形であるところの「キヨ」——はもちろん知っている。「キヨは、その音が、何なのか、どこからきこえるのか分った」。

　だからこそ、キヨは、「笑を浮かべ、武を誘うように身を翻えして、風呂場に入った」のだ。「「なあ、ここへおいでよ、ここでええことしょうれよ」と身震いしながらやさしい声で呼んだ」——彼女が武を招き入れる「風呂場」、つまりはもっとも身近に水の湛えられる場とは、彼女たちにとっては「小説」それ自体のこと、『水の女』と題された小説そのものの名であり、「中上健次」という作家そのもののことである。

＊＊＊

外で、見つめている者が在る気がした。

主語を奪われ目的語を消された一行こそが、かくまで作品を反転させ、男と女とが睦み争う場としての「小説」を紡いだのだと思えるいまは、あの一篇が五篇の中央に配されねばならなかった理由ももはや揺るぎなく思われるのだし、そう思って読めばたしかに、あの一行では「男」が主語か「女」が主語か、わからぬように書かれている。ここを境に中上健次は、「グッグッ」音をたてながら、彼自身が「揺れる」ようにして男性性と女性性を往還するような作品を書きつけてゆくことになったのだ——と書けばいかにも牽強付会、「解説」としての領分を大きく踏み外したものに聞こえるだろう。事実、以降も彼は四十六歳で亡くなるまで、無数に男主体の作品を書いているし（女が主体の作品は、『鳳仙花』ほか数えるほどしかない。もちろん最大の例外は、『奇蹟』や「秋幸サーガ」の「オリュウノオバ」である）、その多くは、いま読めばほとんど牧歌的なほど男性的な粗暴さに満たされても見える。しかし、よく見れば『水の女』の五篇ですでに、女のように犯される男、女のようにおののく男の姿が、そこここに書き込まれてもいるのだから（この解説を読み終えて本篇を再読してもらえれば、一読したときにはおそらくただ粗野で男性的に感じられただろう性記述のなかに埋め込まれた、女性的な細部が見えるはずだ）、のちに「蘭の崇高」（未完・「中上健次全集」第十二巻収載）の同性愛的な物語に至るまで続いてゆく中上健次の一面はここから始まっているのだし、中上健次の作品が持つ「豊かさ」

がそうした女性性によっても／女性性があることによってこそ支えられているのだということを、『水の女』は発見させてくれるのだった。

年譜

中上健次

一九四六年（昭和二一年）

八月二日、木下千里《ちさと》の第六子として和歌山県新宮市春日町に生まれる。

一九五三年（昭和二八年）　七歳

四月、新宮市立千穂小学校に入学。

一九五九年（昭和三四年）　一三歳

四月、新宮市立緑ケ丘中学校に入学。

一九六〇年（昭和三五年）　一四歳

三月、新宮市立緑ケ丘中学校生徒会誌『みどりが丘』に「帽子」を発表（『別冊文芸春秋』平成四年五月号に再掲）。

一九六二年（昭和三七年）　一六歳

四月、和歌山県立新宮高校に入学。高校時代は、サド、セリーヌ、ジュネを耽読する一方、モダンジャズ等の音楽に傾倒。

一九六四年（昭和三九年）　一八歳

一二月、田村さと子（のちに現代詩女流賞受賞）とともに校内文芸誌『車輪』を発行し、戯曲「音のない音楽―誤てる者のために―」と詩「硝子の城」を発表。

一九六五年（昭和四〇年）　一九歳

三月、和歌山県立新宮高校を卒業。受験勉強を理由に上京し、モダンジャズに耽溺する。新左翼、アンダーグラウンド演劇に刺激を受ける。

一九六六年（昭和四一年）　二〇歳

三月、『文芸首都』に「俺十八歳」が掲載される。四月、詩「讃歌」を『さんでージャーナル』に発表。一二月、「遠い夏」と詩「JAZZ」を『文芸首都』に発表する。詩「俺のピアフよ」を『さんでージャーナル』に発表。

一九六七年（昭和四二年）二一歳

三月、『詩学』の〈推薦詩人作品〉欄（山本太郎選）に「歌声は血を吐いて」が掲載される。七月、詩「五つの母音からなる季節」を『さんでージャーナル』に発表。九月、詩「海へ」を『文芸首都』に発表。

一九六八年（昭和四三年）二二歳

二月、「またまた登場、ハナのテンサイ、ナカガミケンジがおくる傑作喜劇、あなたを愛撫するユビ」を『文芸首都』に発表。同月、詩「四つの断章からなる季節への試み」を『さんでージャーナル』に発表。以後、四月から九月にかけて、『さんでージャーナル』に詩を発表。九月、詩「季節への短かい一章」が『文学界』に掲載される。この年、柄谷行人と知り合い、さらに柄谷の紹介で蟻二郎と交友し、フォークナーを読む。

一九六九年（昭和四四年）二三歳

二月、永山則夫の連続射殺事件に衝撃を受け、詩「犯罪者の生成課程（序）」を『文芸首都』に発表する。八月、『文芸』に「一番はじめの出来事」を、『文芸首都』に「犯罪者永山則夫からの報告」を発表。

一九七〇年（昭和四五年）二四歳

一月、『文芸首都』に「文学への執念」を発表。七月、山口かすみと結婚。八月、羽田の国際空港事業株式会社に勤務。

一九七一年（昭和四六年）二五歳

一月、長女が生まれる。八月、「火祭りの日に」が『文芸』に掲載される。

一九七二年（昭和四七年）二六歳

一〇月、「灰色のコカコーラ」を『早稲田文学』に発表。
一九七三年（昭和四八年）二七歳
一月、次女が誕生。六月、『文芸』に「十九歳の地図」が掲載される。同作が第六九回芥川賞候補作となる。
一九七四年（昭和四九年）二八歳
三月、「蝸牛」を『文芸』に発表。四月、「補陀落」を『季刊芸術』に発表。八月、国際空港事業株式会社を退職し、執筆活動に専念する。同月、『文学界』に「黄金比の朝」を発表。『十九歳の地図』を河出書房新社より刊行。九月、「鳩どもの家」が『すばる』に掲載される。
一九七五年（昭和五〇年）二九歳
一月、「火宅」を『季刊芸術』に発表。二月、集英社より『鳩どもの家』を刊行。四月、『文芸展望』に「浄徳寺ツアー」を発表。九月、「蛇淫」を『文芸』に、「荒くれ」を『すばる』に発表。一〇月、「水の家」を『季刊芸術』に、「岬」を『文学界』に発表。一二月、「蓬萊」を『風景』に発表。
一九七六年（昭和五一年）三〇歳
一月、「岬」で第七四回芥川賞を受賞。二月、「路地」を『群像』に発表。同月、文芸春秋より『岬』を刊行。三月、「雲山」を『文学界』に発表。四月、「荒神」を『野性時代』に発表。五月、『蛇淫』を河出書房新社より刊行。六月、北洋社より『鳥のように獣のように』を刊行。一〇月、「化粧」を『季刊芸術』に発表。同月より、『文芸』に「枯木灘」の連載を始める（翌年三月完結）。
一九七七年（昭和五二年）三一歳
二月、「古座」（「鷹を飼う家」と改題し、『水の女』に収録）を『すばる』に、四月、「那智」（「鬼」と改題し、『水の女』に収録）を『すばる』に発表。五月、河出書房新社より『枯木灘』を刊行。六月、角川書店より『中上健次 vs.村上龍』を刊行。七月、『朝日ジャーナル』に「紀州 木の国・根の国物語」を連載（翌年一月完結）。八月、『海』に「伏拝」を、『すばる』に「大島(二)」を発表。一〇月、集英社より『十八歳、海へ』を刊行。一同月、『枯木灘』で毎日出版文化賞を受賞。一二月、ニューヨークに一ヵ月間滞在する。

一九七八年（昭和五三年） 三二歳

二月、新宮市春日町で部落青年文化会を組織し、一〇月まで月一回連続公開講座「開かれた豊かな文学」を開催する。三月、『枯木灘』で芸術選奨新人賞を受賞。同月、講談社より『化粧』を刊行。五月、「赫髪」を『文芸』に発表。六月、『週刊プレイボーイ』に「Rush」の連載を始める（一二月五日号完結）。七月、『野性時代』に「焼けた眼・熱い喉」（『十九歳のジェイコブ』と改題）の連載を始める（昭和五五年二月完結）。同月、朝日新聞社より『紀州 木の国・根の国物語』を刊行。九月、『中上健次全発言 1970～1978』を集英社より刊行。一一月、「水の女」を『文学界』に発表。

一九七九年（昭和五四年） 三三歳

一月、「かげろう」を『群像』に発表。二月、『国文学 解釈と教材の研究』に「物語の系譜」の連載を始める（一〇月完結）。同月、北洋社より『夢の力』を刊行。三月、『青春と読書』に「破壊せよ、とアイラーは言った」を連載（七月完結）。同月、作品社より『水の女』を刊行。四月一五日より『東京新聞』朝刊に「鳳仙花」の連載を開始（一〇月一六日完結）。八月、『文芸』に柄谷行人との対談「小林秀雄について」が掲載される。同月、『破壊せよ、とアイラーは言った』を集英社より刊行。九月、米国カリフォルニア州サンタモニカに居住。同月、柄谷行人との対談集『小林秀雄をこえて』を河出書房新社より刊行。一二月、部落青年文化会が開催した連続公開講座「開かれた豊かな文学」を『文化の地平』と題して編集刊行（自費出版）。

一九八〇年（昭和五五年）　三四歳
一月、『鳳仙花』を作品社より刊行。同月、米国より帰国し、三重県熊野市新鹿町に半年間居住。六月より『群像』に「不死」などの短篇連作「熊野集」の掲載を始める（昭和五七年三月完結）。七月、「半蔵の鳥」（連作「千年の愉楽」1）を発表（昭和五七年四月まで「千年の愉楽」を断続掲載）。同月、『中上健次全発言Ⅱ 1978～1980』を集英社より刊行。

一九八一年（昭和五六年）　三五歳
一月、『新潮』に「重力の都」を発表。同月、尹興吉との対談集『東洋に位置する』を作品社より刊行。二月、韓国を訪れ、ソウルに七月まで滞在する。八月、『韓国文芸』に「柄谷行人への手紙」を発表。九月、新宮市で熊野の文化を発掘し刊行する紀州出版の設立総会を開く。一〇月、『新潮』に「活力の所在」を発表。

一九八二年（昭和五七年）　三六歳
一月、「よしや無頼」を『新潮』に発表する。三月、テレビのドキュメンタリー番組の取材のため、インドからロンドンまでのバス旅行を体験。八月、河出書房新社より『千年の愉楽』を刊行する。

一九八三年（昭和五八年）　三七歳
二月、長女とフィリピンに旅行する。三月、「聖餐」（紀伊物語「大島」第二部）を『すばる』に発表（六月で完結）。四月、『地の果て至上の時』を新潮社より刊行。七月、冬樹社より『風景の向こうへ』を刊行。八月より、『波』に紀行エッセイ「スパニッシュ・キャラバンを捜して」の連載を開始する（昭和六〇年一二月完結）。

一九八四年（昭和五九年）　三八歳
一月、「日輪の翼」（第一部）を『新潮』に発表。二月、梅原猛との対談集『君は弥生人か縄文人か』を朝日出版社より刊行。三月、河出書房新社より『中上健次全短篇小説』を刊行。四月、成瀬書房より限定版『岬』（一一三部）を刊行。五月、荒木経惟との共著『物語ソウル』をPARCO出版局より刊行。同月、『日輪の翼』を新潮社より刊行。八月、講談社より『熊野集』を、九月、集英社より『紀伊物語』を刊行。同月、栗本慎一郎等との共著『現実にとって知は何をなしうるか』がはーべすたあ編集室より刊行される。一〇月、『平凡パンチ』に「HEAT UP」を連載（一一回完結）。一二月、「野性の火炎樹」を『ブルータス』に連載（翌年五月完結）。同月、立松和平等との共著『激論─全共闘　俺たちの原点』を講談社より刊行。

一九八五年（昭和六〇年）　三九歳

一月、『週刊本16　都はるみに捧げる　芸能原論』を朝日出版社より刊行。三月、『アメリカ・アメリカ』を角川書店より刊行。五月、『韓国現代短篇小説』を編集、「解説」を執筆して新潮社より刊行。同月、柳町光男監督の映画「火まつり」が公開され、六月、角川書店より『火の文学』（「火まつり」のシナリオを収録）を刊行。七月、「火まつり」を『文学界』に連載（昭和六二年二月完結）。一一月、篠山紀信との共著『輪舞する、ソウル。』を角川書店より刊行。一二月、角川春樹との対談集『俳句の時代─遠野・熊野・吉野　聖地巡礼』を角川書店より刊行。

一九八六年（昭和六一年）　四〇歳

三月、『野性の火炎樹』をマガジンハウスより刊行。五月、新潮社より、『スパニッシュ・キャラバンを捜して』を刊行。六月、トレヴィルより『オン・ザ・ボーダー』を刊行。七月一八日から三日間、劇団はみだし劇場によって、「かなかぬち」が新宮市本宮大社旧社地大斎原で上演される。一〇月、『十九歳のジェイコブ』が角川書店より刊行される。
一九八七年（昭和六二年）　四一歳
一月、『朝日ジャーナル』に「奇蹟」の連載を開始（翌年一二月完結）。四月一二日より、「天の歌―小説 都はるみ」を『サンデー毎日』に連載（一〇月完結）。同月、『火まつり』を文芸春秋より刊行。七月、『文学界』に「讃歌」の連載を始める（平成元年一〇月完結）。同月二日、『朝日新聞』夕刊に「フィンランドの火祭り」を寄稿。同月、石川好との対談集『アメリカと合衆国の間』を時事通信社より刊行。八月一五日、新宮に住む同世代の人々と「隈ノ会」を結成し、発会イベント「ばちきったろかあ～」を開催する。一一月、毎日新聞社より『天の歌―小説 都はるみ』を刊行。
一九八八年（昭和六三年）　四二歳
五月、『新潮』に「愛獣」を発表。八月、ピーター・ブルックとの対談「マハーバーラタの音の森で」が『新潮』に掲載される。九月、米国に旅行。同月、『時代が終り、時代が始まる』を福武書店より、また『重力の都』を新潮社より刊行。一〇月、福武書店より『バッファロー・ソルジャー』を刊行。一一月、『ダカーポ』に「文芸時評」を連載。
一九八九年（昭和六四年・平成元年）　四三歳
一月六日、熊野速玉大社双鶴殿で第一回熊野大学準備講座を開催し、山本健吉著『いのちとかたち』を解説。以後、毎月一度続ける。三月、『文学界』に「大鴉」を発表。四月、朝日新聞社より『奇蹟』を刊行する。六月、柄谷行人との対談「批評的確認―昭和をこえて」が『すばる』に掲載される。八月、有楽町の読売ホールで開催された日本近代文学館主催「夏の文学教室」において、大江健三郎の文学世界について講演。一一月、吉本隆明との対談「天皇および家族をめぐって」を

『すばる』に掲載。
一九九〇年（平成二年）四四歳
一月一四日、『朝日新聞』朝刊に「奇蹟」（自作再見）を寄稿。二月、『すばる』に「鰐の聖域」の連載を始める（翌年九月完結）。五月、文芸春秋より『讃歌』を刊行。同月、永山則夫の日本文芸家協会入会が拒否されたのに抗議して、柄谷行人らとともに脱会。六月、パリで開かれたSOSラシスムのコンサートに都はるみと同行。一〇月、集英社より吉本隆明らとの共著『20時間完全討論―解体される場所』を刊行。
一九九一年（平成三年）四五歳
一月、『群像』に「異族（完結篇）」を連載（一二月まで）。二月一三日より、『朝日新聞』朝刊に「軽蔑」を連載（一〇月一七日完結）。四月、近畿大学文芸学部の客員教授となり、「身体表現実習」ほかの科目を担当する。同月五日より、『週刊ポスト』に「熱風」を連載（翌年二月七日まで）。一〇月より、『俳句』に「月評座談会」が連載される（翌年四月まで）。一一月、パリで開催された第四回日仏サミットに参加。ハイデルベルク大学で「ふたかみ」が上演される。
一九九二年（平成四年）四六歳
二月、戯曲「ふたかみ」を『文学界』に発表。同月、慶応大学病院で癌に侵された片方の腎臓摘出手術を受ける。五月、インタビュー「シジフォスのように病と戯れて」が『文学界』に掲載される。六月、退院して自宅療養するが、七月、癌が脳にも転移し、和歌山県新宮市野田五の一九に転地し、和歌山県那智郡勝浦町内の日比病院から往診治療を受ける。その後、同病院に入院。同月、朝日新聞社より『軽蔑』を刊行。八月一二日午前七時五八分、腎臓癌のため、同病院で死去。同月一七日午後一時から、新宮市野田五の一九、中上七郎方で葬儀が行われ、八〇〇人が参列

（喪主中上かすみ）。同月二二日、東京都新宿区南元町の千日谷会堂で東京葬が行われ、安岡章太郎が弔辞を朗読（葬儀委員長柄谷行人）。九月四日、未完の遺稿「熱風」が『週刊ポスト』に掲載される。一〇月、未完の遺稿「異族（完結篇）」が『群像』に掲載される。一一月、『問答無用』が講談社より刊行される。一二月、集英社より、『鰐の聖域』が刊行される。

一九九三年（平成五年）
七月、鎌田東二との対談集『言霊の天地』が主婦の友社より刊行される。八月、講談社より『異族』が刊行される。新宮市で一周忌の催しとして、原田芳雄他の追悼コンサート、柄谷行人らの文学シンポジウムが開かれる。九月三〇日、午後八時よりNHK教育テレビの番組「作家中上健次〜死から一年・熊野からの報告」が放送される。

一九九五年（平成七年）
五月、『中上健次全集』（全一五巻）が集英社より刊行開始（翌年八月完結）。

二〇〇四年（平成一六年）
四月、『週刊漫画アクション』に連載され、未刊に終わった戯画原作「南回帰船」の全文が発見され、『新現実』に掲載される。八月六〜八日、熊野大学で夏期特別セミナー「中上健次と近代文学の終り」が開催される。

（藤本寿彦編）

著書目録

中上健次

【単行本】

十九歳の地図　昭49・8　河出書房新社
鳩どもの家　昭50・2　集英社
岬　昭51・2　文芸春秋
蛇淫　昭51・5　河出書房新社
鳥のように獣のように　昭51・6　北洋社
枯木灘　昭52・5　河出書房新社
中上健次 vs. 村上龍＊　昭52・6　角川書店
十八歳、海へ　昭52・10　集英社
化粧　昭53・3　講談社
紀州　木の国・根の国物語　昭53・7　朝日新聞社
中上健次全発言 1970～1978＊　昭53・9　集英社
夢の力　昭54・2　北洋社
水の女　昭54・3　作品社
破壊せよ、とアイラーは言った　昭54・8　集英社
小林秀雄をこえて＊　昭54・9　河出書房新社
鳳仙花　昭55・1　作品社
中上健次全発言Ⅱ 1978～1980＊　昭55・7　集英社
東洋に位置する＊　昭56・1　作品社
千年の愉楽　昭57・8　河出書房新社
地の果て 至上の時　昭58・4　新潮社
風景の向こうへ　昭58・7　冬樹社

君は弥生人か縄文人か＊　昭59・2　朝日出版社
中上健次全短篇小説　昭59・3　河出書房新社
物語ソウル＊　昭59・5　ＰＡＲＣＯ出版局
日輪の翼　昭59・5　新潮社
熊野集　昭59・8　講談社
紀伊物語　昭59・9　集英社
現実にとって知は何をなしうるか＊　昭59・9　はーべすたあ編集室
激論―全共闘 俺たちの原点＊　昭59・12　講談社
週刊本16 都はるみに捧げる 芸能原論　昭60・1　朝日出版社
アメリカ・アメリカ　昭60・3　角川書店
火の文学　昭60・6　角川書店
輪舞する、ソウル。＊　昭60・11　角川書店
俳句の時代―遠野・熊野・吉野 聖地巡礼＊　昭60・12　角川書店
野性の火炎樹　昭61・3　マガジンハウス
スパニッシュ・キャラバンを捜して　昭61・5　新潮社
オン・ザ・ボーダー　昭61・6　トレヴィル
十九歳のジェイコブ　昭61・10　角川書店
火まつり　昭62・4　文芸春秋
アメリカと合衆国の間＊　昭62・7　時事通信社
天の歌―小説 都はるみ　昭62・11　毎日新聞社
時代が終り、時代が始まる　昭63・9　福武書店
重力の都　昭63・9　新潮社
バッファロー・ソルジャー　昭63・10　福武書店
奇蹟　平元・4　朝日新聞社
讃歌　平2・5　文芸春秋
20時間完全討論―解

体される場所＊
軽蔑　平4・7　朝日新聞社
問答無用　平4・11　講談社
鰐の聖域　平4・12　集英社
言霊の天地＊　平5・7　主婦の友社
甦る縄文の思想＊　平5・7　有学書林
異族　平5・8　講談社
作家の自伝80　平10・4　日本図書センター
中上健次と読む『いのちとかたち』　平16・7　河出書房新社
南回帰船　平17・7　角川学芸出版
中上健次「未収録」対論集成＊　平17・12　作品社

【全集】

中上健次全集　全十五巻　平7〜平8　集英社
中上健次発言集成　平7〜平11
全六巻　第三文明社
中上健次選集　全十二巻　平10〜平12　小学館文庫
中上健次エッセイ撰集　全二巻　平13〜平14　恒文社
芥川賞全集10　昭57　文芸春秋
昭和文学全集29　昭63　小学館
日本の名随筆92　平2　作品社
ふるさと文学館36　平7　ぎょうせい

【文庫】

十九歳の地図（解=松本健一）　昭49　河出文庫
岬　昭53　文春文庫
鳩どもの家（解=村上龍）　昭55　集英社文庫
枯木灘　昭55　河出文庫
十八歳、海へ（解=津島佑子）　昭55　集英社文庫

水の女（解＝神代辰巳）　昭57　集英社文庫
鳳仙花（解＝川村二郎）　昭57　新潮文庫
熊野集（解＝川村二郎　案＝関井光男　著）　昭63　文芸文庫
アメリカ・アメリカ　平4　角川文庫
俳句の時代＊　平4　角川文庫
火の文学　平4　角川文庫
日輪の翼　平4　文春文庫
十九歳のジェイコブ　平4　角川文庫
千年の愉楽　平4　河出文庫
重力の都（解＝渡部直己）　平4　新潮文庫
天の歌（解＝朝倉喬司）　平4　中公文庫
紀伊物語（解＝勝目梓）　平5　集英社文庫
讃歌（解＝松山巖）　平5　文春文庫
地の果て　至上の時（解＝柄谷行人）　平5　新潮文庫
化粧（解＝柄谷行人　案＝井口時男　著）　平5　文芸文庫
紀州　木の国・根の国物語（巻末＝千本健一郎）　平5　朝日文芸文庫
野性の火炎樹（解＝原善）　平5　ちくま文庫
鳥のように獣のように（人＝井口時男　年＝藤本寿彦　著）　平6　文芸文庫
奇蹟（巻末＝井口時男）　平6　朝日文芸文庫
夢の力（人＝井口時男　年＝藤本寿彦　著）　平6　文芸文庫
君は弥生人か縄文人か＊（解＝鎌田東二）　平6　集英社文庫
男の遺言　平7　光文社文庫
蛇淫（解＝井口時男　年＝藤本寿彦　著）　平8　文芸文庫
軽蔑（解＝四方田犬彦）　平11　集英社文庫
風景の向こうへ・物語の系譜（解＝井口時男　年＝藤本寿彦　著）　平16　文芸文庫

「著書目録」は編集部で作成した。／原則として編著・再刊本等は入れなかった。／＊は対談・共著等を示す。／【文庫】は本書初刷刊行日現在の各社最新版「解説目録」に記載されているものに限った。（ ）内の略号は**解**＝解説、**人**＝人と作品、**年**＝年譜、**案**＝作家案内、**著**＝著書目録、**巻末**＝巻末エッセイを示す。

本書は、集英社刊『中上健次全集2』（一九九五年九月）を底本としましたが、作品の配列は、作品社刊『水の女』（一九七九年三月）に拠りました。

また、本文中、今日からみれば不適切と思われる表現がありますが、作品が書かれた時代背景、作品価値および著者が故人であることなどを考慮し、底本のままとしました。

水《みず》の女《おんな》
中上健次《なかがみけんじ》
二〇一〇年七月九日第一刷発行
二〇一八年一月九日第三刷発行
発行者――鈴木 哲
発行所――株式会社 講談社
東京都文京区音羽2・12・21 〒112-8001
電話 編集(03)5395・3513
販売(03)5395・5817
業務(03)5395・3615
デザイン――菊地信義
印刷――豊国印刷株式会社
製本――株式会社国宝社
本文データ制作――講談社デジタル製作

定価はカバーに表示してあります。

講談社文芸文庫
ISBN978-4-06-290093-5

講談社文芸文庫

加藤典洋——日本風景論　瀬尾育生——解／著者————年
加藤典洋——アメリカの影　田中和生——解／著者————年
加藤典洋——戦後的思考　東 浩紀——解／著者————年
金井美恵子-愛の生活|森のメリュジーヌ　芳川泰久——解／武藤康史——年
金井美恵子-ピクニック、その他の短篇　堀江敏幸——解／武藤康史——年
金井美恵子-砂の粒|孤独な場所で 金井美恵子自選短篇集　磯﨑憲一郎-解／前田晃一——年
金井美恵子-恋人たち|降誕祭の夜 金井美恵子自選短篇集　中原昌也——解／前田晃一——年
金井美恵子-エオンタ|自然の子供 金井美恵子自選短篇集　野田康文——解／前田晃一——年
金子光晴——絶望の精神史　伊藤信吉——人／中島可一郎-年
嘉村礒多——業苦|崖の下　秋山 駿——解／太田静一——年
柄谷行人——意味という病　絓 秀実——解／曾根博義——案
柄谷行人——畏怖する人間　井口時男——解／三浦雅士——案
柄谷行人編-近代日本の批評 Ⅰ 昭和篇上
柄谷行人編-近代日本の批評 Ⅱ 昭和篇下
柄谷行人編-近代日本の批評 Ⅲ 明治・大正篇
柄谷行人——坂口安吾と中上健次　井口時男——解／関井光男——年
柄谷行人——日本近代文学の起源 原本　関井光男——年
柄谷行人 中上健次——柄谷行人中上健次全対話　高澤秀次——解
柄谷行人——反文学論　池田雄一——解／関井光男——年
柄谷行人 蓮實重彥——柄谷行人蓮實重彥全対話
柄谷行人——柄谷行人インタヴューズ1977-2001
柄谷行人——柄谷行人インタヴューズ2002-2013　丸川哲史——解／関井光男——年
河井寬次郎-火の誓い　河井須也子-人／鷺 珠江——年
河井寬次郎-蝶が飛ぶ 葉っぱが飛ぶ　河井須也子-解／鷺 珠江——年
河上徹太郎-吉田松陰 武と儒による人間像　松本健一——解／大平和登他-年
川喜田半泥子-随筆 泥仏堂日録　森 孝一——解／森 孝一——年
川崎長太郎-抹香町|路傍　秋山 駿——解／保昌正夫——年
川崎長太郎-鳳仙花　川村二郎——解／保昌正夫——年
川崎長太郎-もぐら随筆　平出 隆——解／保昌正夫——年
川崎長太郎-老残|死に近く 川崎長太郎老境小説集　いしいしんじ-解／齋藤秀昭——年
川崎長太郎-泡|裸木 川崎長太郎花街小説集　齋藤秀昭——解／齋藤秀昭——年
川崎長太郎-ひかげの宿|山桜 川崎長太郎「抹香町」小説集　齋藤秀昭——解／齋藤秀昭——年

▶解=解説 案=作家案内 人=人と作品 年=年譜を示す。 2017年12月現在

講談社文芸文庫

黒井千次——一日 夢の柵　三浦雅士——解／篠崎美生子—年
黒井千次選–「内向の世代」初期作品アンソロジー
黒島伝治——橇|豚群　勝又 浩——人／戎居士郎——年
幸田文——ちぎれ雲　中沢けい——人／藤本寿彦——年
幸田文——番茶菓子　勝又 浩——人／藤本寿彦——年
幸田文——包む　荒川洋治——人／藤本寿彦——年
幸田文——草の花　池内 紀——人／藤本寿彦——年
幸田文——駅|栗いくつ　鈴村和成——解／藤本寿彦——年
幸田文——猿のこしかけ　小林裕子——解／藤本寿彦——年
幸田文——回転どあ|東京と大阪と　藤本寿彦——解／藤本寿彦——年
幸田文——さざなみの日記　村松友視——解／藤本寿彦——年
幸田文——黒い裾　出久根達郎–解／藤本寿彦——年
幸田文——北愁　群 ようこ—解／藤本寿彦——年
幸田露伴——運命|幽情記　川村二郎——解／登尾 豊——案
幸田露伴——芭蕉入門　小澤 實——解
幸田露伴——蒲生氏郷|武田信玄|今川義元　西川貴子——解／藤本寿彦——年
講談社編——東京オリンピック 文学者の見た世紀の祭典　高橋源一郎–解
講談社文芸文庫編–戦後短篇小説再発見 1 青春の光と影　川村 湊——解
講談社文芸文庫編–戦後短篇小説再発見 2 性の根源へ　井口時男——解
講談社文芸文庫編–戦後短篇小説再発見 3 さまざまな恋愛　清水良典——解
講談社文芸文庫編–戦後短篇小説再発見 4 漂流する家族　富岡幸一郎–解
講談社文芸文庫編–戦後短篇小説再発見 5 生と死の光景　川村 湊——解
講談社文芸文庫編–戦後短篇小説再発見 6 変貌する都市　富岡幸一郎–解
講談社文芸文庫編–戦後短篇小説再発見 7 故郷と異郷の幻影　川村 湊——解
講談社文芸文庫編–戦後短篇小説再発見 8 歴史の証言　井口時男——解
講談社文芸文庫編–戦後短篇小説再発見 9 政治と革命　井口時男——解
講談社文芸文庫編–戦後短篇小説再発見 10 表現の冒険　清水良典——解
講談社文芸文庫編–第三の新人名作選　富岡幸一郎–解
講談社文芸文庫編–個人全集月報集 安岡章太郎全集·吉行淳之介全集·庄野潤三全集
講談社文芸文庫編–昭和戦前傑作落語選集　柳家権太楼–解
講談社文芸文庫編–追悼の文学史
講談社文芸文庫編–大東京繁昌記 下町篇　川本三郎——解
講談社文芸文庫編–大東京繁昌記 山手篇　森 まゆみ—解
講談社文芸文庫編–昭和戦前傑作落語選集 伝説の名人編　林家彦いち–解

講談社文芸文庫

講談社文芸文庫編-個人全集月報集 藤枝静男著作集・永井龍男全集
講談社文芸文庫編-『少年倶楽部』短篇選　杉山 亮――解
講談社文芸文庫編-福島の文学 11人の作家　宍戸芳夫――解
講談社文芸文庫編-個人全集月報集 円地文子文庫・円地文子全集・佐多稲子全集・宇野千代全集
講談社文芸文庫編-妻を失う 離別作品集　富岡幸一郎-解
講談社文芸文庫編-『少年倶楽部』熱血・痛快・時代短篇選　講談社文芸文庫-解
講談社文芸文庫編-素描 埴谷雄高を語る
講談社文芸文庫編-戦争小説短篇名作選　若松英輔――解
講談社文芸文庫編-「現代の文学」月報集
講談社文芸文庫編-明治深刻悲惨小説集 齋藤秀昭選　齋藤秀昭――解
講談社文芸文庫編-個人全集月報集 武田百合子全作品・森茉莉全集
河野多惠子-骨の肉|最後の時|砂の檻　川村二郎――解／与那覇恵子-案
小島信夫――抱擁家族　大橋健三郎-解／保昌正夫――案
小島信夫――うるわしき日々　千石英世――解／岡田 啓――年
小島信夫――美濃　保坂和志――解／柿谷浩一――年
小島信夫――公園|卒業式 小島信夫初期作品集　佐々木 敦――解／柿谷浩一――年
小島信夫――靴の話|眼 小島信夫家族小説集　青木淳悟――解／柿谷浩一――年
小島信夫――城壁|星 小島信夫戦争小説集　大澤信亮――解／柿谷浩一――年
小島信夫――[ワイド版]抱擁家族　大橋健三郎-解／保昌正夫――案
後藤明生――挾み撃ち　武田信明――解／著者――年
後藤明生――首塚の上のアドバルーン　芳川泰久――解／著者――年
小林 勇――惜櫟荘主人 一つの岩波茂雄伝　高田 宏――人／小林堯彦他-年
小林信彦――[ワイド版]袋小路の休日　坪内祐三――解／著者――年
小林秀雄――栗の樹　秋山 駿――人／吉田凞生――年
小林秀雄――小林秀雄対話集　秋山 駿――解／吉田凞生――年
小林秀雄――小林秀雄全文芸時評集 上・下　山城むつみ-解／吉田凞生――年
小林秀雄――[ワイド版]小林秀雄対話集　秋山 駿――解／吉田凞生――年
小堀杏奴――朽葉色のショール　小尾俊人――解／小尾俊人――年
小山 清――日日の麵麭|風貌 小山清作品集　田中良彦――解／田中良彦――年
佐伯一麦――ショート・サーキット 佐伯一麦初期作品集　福田和也――解／二瓶浩明――年
佐伯一麦――日和山 佐伯一麦自選短篇集　阿部公彦――解／著者――年
佐伯一麦――ノルゲ Norge　三浦雅士――解／著者――年
坂上 弘――田園風景　佐伯一麦――解／田谷良一――年
坂上 弘――故人　若松英輔――解／田谷良一、吉原洋一-年

講談社文芸文庫

坂口安吾—風と光と二十の私と	川村 湊—解／関井光男—案
坂口安吾—桜の森の満開の下	川村 湊—解／和田博文—案
坂口安吾—白痴|青鬼の褌を洗う女	川村 湊—解／原 子朗—案
坂口安吾—信長|イノチガケ	川村 湊—解／神谷忠孝—案
坂口安吾—オモチャ箱|狂人遺書	川村 湊—解／荻野アンナ-案
坂口安吾—日本文化私観 坂口安吾エッセイ選	川村 湊—解／若月忠信—年
坂口安吾—教祖の文学|不良少年とキリスト 坂口安吾エッセイ選	川村 湊—解／若月忠信—年
阪田寛夫—うるわしきあさも 阪田寛夫短篇集	高橋英夫—解／伊藤英治—年
佐々木邦—凡人伝	岡崎武志—解
佐々木邦—苦心の学友 少年倶楽部名作選	松井和男—解
佐多稲子—樹影	小田切秀雄-解／林 淑美—案
佐多稲子—月の宴	佐々木基一—人／佐多稲子研究会-年
佐多稲子—夏の栞 —中野重治をおくる—	山城むつみ-解／佐多稲子研究会-年
佐多稲子—私の東京地図	川本三郎—解／佐多稲子研究会-年
佐多稲子—私の長崎地図	長谷川 啓—解／佐多稲子研究会-年
佐藤紅緑—ああ玉杯に花うけて 少年倶楽部名作選	紀田順一郎-解
佐藤春夫—わんぱく時代	佐藤洋二郎-解／牛山百合子-年
里見弴—恋ごころ 里見弴短篇集	丸谷才一—解／武藤康史—年
里見弴—朝夕 感想・随筆集	伊藤玄二郎-解／武藤康史—年
里見弴—荊棘の冠	伊藤玄二郎-解／武藤康史—年
澤田謙—プリューターク英雄伝	中村伸二—年
椎名麟三—自由の彼方で	宮内 豊—解／斎藤末弘—案
椎名麟三—神の道化師|媒妁人 椎名麟三短篇集	井口時男—解／斎藤末弘—年
椎名麟三—深夜の酒宴|美しい女	井口時男—解／斎藤末弘—年
島尾敏雄—その夏の今は|夢の中での日常	吉本隆明—解／紅野敏郎—案
島尾敏雄—はまべのうた|ロング・ロング・アゴウ	川村 湊—解／柘植光彦—案
島尾敏雄—夢屑	富岡幸一郎-解／柿谷浩一—年
島田雅彦—ミイラになるまで 島田雅彦初期短篇集	青山七恵—解／佐藤康智—年
志村ふくみ-一色一生	高橋 巖—人／著者—年
庄野英二—ロッテルダムの灯	著者—年
庄野潤三—夕べの雲	阪田寛夫—解／助川徳是—案
庄野潤三—絵合せ	饗庭孝男—解／鷺 只雄—案
庄野潤三—インド綿の服	齋藤礎英—解／助川徳是—年
庄野潤三—ピアノの音	齋藤礎英—解／助川徳是—年

庄野潤三―野菜讃歌　佐伯一麦―解／助川徳是―年
庄野潤三―野鴨　小池昌代―解／助川徳是―年
庄野潤三―陽気なクラウン・オフィス・ロウ　井内雄四郎―解／助川徳是―年
庄野潤三―ザボンの花　富岡幸一郎―解／助川徳是―年
庄野潤三―鳥の水浴び　田村 文―解／助川徳是―年
庄野潤三―星に願いを　富岡幸一郎―解／助川徳是―年
笙野頼子―幽界森娘異聞　金井美恵子―解／山﨑眞紀子―年
笙野頼子―猫道 単身転々小説集　平田俊子―解／山﨑眞紀子―年
白洲正子―かくれ里　青柳恵介―人／森 孝一―年
白洲正子―明恵上人　河合隼雄―人／森 孝一―年
白洲正子―十一面観音巡礼　小川光三―人／森 孝一―年
白洲正子―お能｜老木の花　渡辺 保―人／森 孝一―年
白洲正子―近江山河抄　前 登志夫―人／森 孝一―年
白洲正子―古典の細道　勝又 浩―人／森 孝一―年
白洲正子―能の物語　松本 徹―人／森 孝一―年
白洲正子―心に残る人々　中沢けい―人／森 孝一―年
白洲正子―世阿弥 ―花と幽玄の世界　水原紫苑―人／森 孝一―年
白洲正子―謡曲平家物語　水原紫苑―解／森 孝一―年
白洲正子―西国巡礼　多田富雄―解／森 孝一―年
白洲正子―私の古寺巡礼　高橋睦郎―解／森 孝一―年
白洲正子―［ワイド版］古典の細道　勝又 浩―人／森 孝一―年
杉浦明平―夜逃げ町長　小嵐九八郎―解／若杉美智子―年
鈴木大拙訳―天界と地獄 スエデンボルグ著　安藤礼二―解／編集部―年
鈴木大拙―スエデンボルグ　安藤礼二―解／編集部―年
青鞜社編―青鞜小説集　森 まゆみ―解
曽野綾子―雪あかり 曽野綾子初期作品集　武藤康史―解／武藤康史―年
高井有一―時の潮　松田哲夫―解／武藤康史―年
高橋源一郎―さようなら、ギャングたち　加藤典洋―解／栗坪良樹―年
高橋源一郎―ジョン・レノン対火星人　内田 樹―解／栗坪良樹―年
高橋源一郎―虹の彼方《オーヴァー・ザ・レインボウ》に　矢作俊彦―解／栗坪良樹―年
高橋源一郎―ゴーストバスターズ 冒険小説　奥泉 光―解／若杉美智子―年
高橋たか子―誘惑者　山内由紀人―解／著者―年
高橋たか子―人形愛｜秘儀｜甦りの家　富岡幸一郎―解／著者―年
高橋英夫―新編 疾走するモーツァルト　清水 徹―解／著者―年

講談社文芸文庫

高見順――如何なる星の下に　坪内祐三――解／宮内淳子――年
高見順――死の淵より　井坂洋子――解／宮内淳子――年
高見順――わが胸の底のここには　荒川洋治――解／宮内淳子――年
高見沢潤子-兄 小林秀雄との対話 人生について
武田泰淳―蝮のすえ｜「愛」のかたち　川西政明――解／立石 伯――案
武田泰淳―司馬遷―史記の世界　宮内 豊――解／古林 尚――年
武田泰淳―風媒花　山城むつみ-解／編集部――年
竹西寛子―式子内親王｜永福門院　雨宮雅子――人／著者――年
太宰 治――男性作家が選ぶ太宰治　編集部――年
太宰 治――女性作家が選ぶ太宰治
太宰 治――30代作家が選ぶ太宰治　編集部――年
多田道太郎-転々私小説論　山田 稔――解／中村伸二――年
田中英光―桜｜愛と青春と生活　川村 湊――解／島田昭男――案
田中英光―空吹く風｜暗黒天使と小悪魔｜愛と憎しみの傷に 田中英光デカダン作品集 道籏泰三編　道籏泰三――解／道籏泰三――年
谷川俊太郎-沈黙のまわり 谷川俊太郎エッセイ選　佐々木幹郎-解／佐藤清文――年
谷崎潤一郎-金色の死 谷崎潤一郎大正期短篇集　清水良典――解／千葉俊二――年
種田山頭火-山頭火随筆集　村上 護――解／村上 護――年
田宮虎彦―足摺岬 田宮虎彦作品集　小笠原賢二-解／森本昭三郎-年
田村隆一―腐敗性物質　平出 隆――人／建畠 晢――年
多和田葉子-ゴットハルト鉄道　室井光広――解／谷口幸代――年
多和田葉子-飛魂　沼野充義――解／谷口幸代――年
多和田葉子-かかとを失くして｜三人関係｜文字移植　谷口幸代――解／谷口幸代――年
多和田葉子-変身のためのオピウム｜球形時間　阿部公彦――解／谷口幸代――年
近松秋江―黒髪｜別れたる妻に送る手紙　勝又 浩――解／柳沢孝子――案
塚本邦雄―定家百首｜雪月花(抄)　島内景二――解／島内景二――年
塚本邦雄―百句燦燦 現代俳諧頌　橋本 治――解／島内景二――年
塚本邦雄―王朝百首　橋本 治――解／島内景二――年
塚本邦雄―西行百首　島内景二――解／島内景二――年
塚本邦雄―花月五百年 新古今天才論　島内景二――解／島内景二――年
塚本邦雄―秀吟百趣　島内景二――解
塚本邦雄―珠玉百歌仙　島内景二――解
塚本邦雄―新撰 小倉百人一首　島内景二――解
塚本邦雄―詞華美術館　島内景二――解

講談社文芸文庫

辻邦生	黄金の時刻の滴り	中条省平—解/井上明久—年
辻潤	絶望の書|ですぺら 辻潤エッセイ選	武田信明—解/高木 護—年
津島美知子	回想の太宰治	伊藤比呂美—解/編集部—年
津島佑子	光の領分	川村 湊—解/柳沢孝子—案
津島佑子	寵児	石原千秋—解/与那覇恵子—年
津島佑子	山を走る女	星野智幸—解/与那覇恵子—年
津島佑子	あまりに野蛮な 上・下	堀江敏幸—解/与那覇恵子—年
津島佑子	ヤマネコ・ドーム	安藤礼二—解/与那覇恵子—年
鶴見俊輔	埴谷雄高	加藤典洋—解/編集部—年
寺田寅彦	寺田寅彦セレクション I 千葉俊二・細川光洋選	千葉俊二—解/永橋禎子—年
寺田寅彦	寺田寅彦セレクション II 千葉俊二・細川光洋選	細川光洋—解
寺山修司	私という謎 寺山修司エッセイ選	川本三郎—解/白石 征—年
寺山修司	ロング・グッドバイ 寺山修司詩歌選	齋藤愼爾—解
寺山修司	戦後詩 ユリシーズの不在	小嵐九八郎—解
戸板康二	丸本歌舞伎	渡辺 保—解/犬丸 治—年
十返肇	「文壇」の崩壊 坪内祐三編	坪内祐三—解/編集部—年
戸川幸夫	猛犬 忠犬 ただの犬	平岩弓枝—解/中村伸二—年
徳田球一 志賀義雄	獄中十八年	鳥羽耕史—解
徳田秋声	あらくれ	大杉重男—解/松本 徹—年
徳田秋声	黴|爛	宗像和重—解/松本 徹—年
外村繁	澪標|落日の光景	川村 湊—解/藤本寿彦—案
富岡幸一郎	使徒的人間 —カール・バルト—	佐藤 優—解/著者—年
富岡多恵子	表現の風景	秋山 駿—解/木谷喜美枝—案
富岡多恵子	逆髪	町田 康—解/著者—年
富岡多恵子編	大阪文学名作選	富岡多恵子—解
富岡多恵子	室生犀星	蜂飼 耳—解/著者—年
土門拳	風貌|私の美学 土門拳エッセイ選 酒井忠康編	酒井忠康—解/酒井忠康—年
永井荷風	日和下駄 一名 東京散策記	川本三郎—解/竹盛天雄—年
永井荷風	[ワイド版]日和下駄 一名 東京散策記	川本三郎—解/竹盛天雄—年
永井龍男	一個|秋その他	中野孝次—解/勝又 浩—案
永井龍男	わが切抜帖より|昔の東京	中野孝次—人/森本昭三郎—年
永井龍男	カレンダーの余白	石原八束—人/森本昭三郎—年
永井龍男	へっぽこ先生その他	高井有一—解/編集部—年

講談社文芸文庫